钱王传说

钱王传说

总主编 金兴盛

浙江省非物质文化遗产代表作丛书

浙江摄影出版社

张发平　主编

骆金伟　卞初阳　张侠燕　编著

浙江省非物质文化遗产
代表作丛书编委会

总 序

中共浙江省委书记
省人大常委会主任 夏宝龙

　　非物质文化遗产是人类历史文明的宝贵记忆，是民族精神文化的显著标识，也是人民群众非凡创造力的重要结晶。保护和传承好非物质文化遗产，对于建设中华民族共同的精神家园、继承和弘扬中华民族优秀传统文化、实现人类文明延续具有重要意义。

　　浙江作为华夏文明发祥地之一，人杰地灵，人文荟萃，创造了悠久璀璨的历史文化，既有珍贵的物质文化遗产，也有同样值得珍视的非物质文化遗产。她们博大精深，丰富多彩，形式多样，蔚为壮观，千百年来薪火相传，生生不息。这些非物质文化遗产是浙江源远流长的优秀历史文化的积淀，是浙江人民引以自豪的宝贵文化财富，彰显了浙江地域文化、精神内涵和道德传统，在中华优秀历史文明中熠熠生辉。

　　人民创造非物质文化遗产，非物质文化遗产属于人民。为传承我们的文化血脉，维护共有的精神家园，造福子孙后代，我们有责任进一步保护好、传承好、弘扬好非物质文化遗产。这不仅是一种文化自觉，是对人民文化创造者的尊重，更是我们必须担当和完成好的历史使命。对我省列入国家级非物质文化遗产保护名录的项目一项一册，编纂"浙江省非物质文化遗产代表作丛书"，就是履行保护传承使命的具体实践，功在当代，惠及后世，有利于群众了解过去，以史为鉴，对优秀传统文化更加自珍、自爱、自觉；有利于我们面向未来，砥砺勇气，以自强不息的精神，加快富民强省的步伐。

党的十七届六中全会指出，要建设优秀传统文化传承体系，维护民族文化基本元素，抓好非物质文化遗产保护传承，共同弘扬中华优秀传统文化，建设中华民族共有的精神家园。这为非物质文化遗产保护工作指明了方向。我们要按照"保护为主、抢救第一、合理利用、传承发展"的方针，继续推动浙江非物质文化遗产保护事业，与社会各方共同努力，传承好、弘扬好我省非物质文化遗产，为增强浙江文化软实力、推动浙江文化大发展大繁荣作出贡献！

（本序是夏宝龙同志任浙江省人民政府省长时所作）

前 言

浙江省文化厅厅长　金兴盛

　　要了解一方水土的过去和现在，了解一方水土的内涵和特色，就要去了解、体验和感受它的非物质文化遗产。阅读当地的非物质文化遗产，有如翻开这方水土的历史长卷，步入这方水土的文化长廊，领略这方水土厚重的文化积淀，感受这方水土独特的文化魅力。

　　在绵延成千上万年的历史长河中，浙江人民创造出了具有鲜明地方特色和深厚人文积淀的地域文化，造就了丰富多彩、形式多样、斑斓多姿的非物质文化遗产。

　　在国务院公布的四批国家级非物质文化遗产名录中，浙江省入选项目共计217项。这些国家级非物质文化遗产项目，凝聚着劳动人民的聪明才智，寄托着劳动人民的情感追求，体现了劳动人民在长期生产生活实践中的文化创造，堪称浙江传统文化的结晶，中华文化的瑰宝。

　　在新入选国家级非物质文化遗产名录的项目中，每一项都有着重要的历史、文化、科学价值，有着典型性、代表性：

　　德清防风传说、临安钱王传说、杭州苏东坡传说、绍兴王羲之传说等民间文学，演绎了中华民族对于人世间真善美的理想和追求，流传广远，动人心魄，具有永恒的价值和魅力。

泰顺畲族民歌、象山渔民号子、平阳东岳观道教音乐等传统音乐，永康鼓词、象山唱新闻、杭州市苏州弹词、平阳县温州鼓词等曲艺，乡情乡音，经久难衰，散发着浓郁的故土芬芳。

泰顺碇步龙、开化香火草龙、玉环坎门花龙、瑞安藤牌舞等传统舞蹈，五常十八般武艺、缙云迎罗汉、嘉兴南湖掼牛、桐乡高杆船技等传统体育与杂技，欢腾喧闹，风貌独特，焕发着民间文化的活力和光彩。

永康醒感戏、淳安三角戏、泰顺提线木偶戏等传统戏剧，见证了浙江传统戏剧源远流长，推陈出新，缤纷优美，摇曳多姿。

越窑青瓷烧制技艺、嘉兴五芳斋粽子制作技艺、杭州雕版印刷技艺、湖州南浔辑里湖丝手工制作技艺等传统技艺，嘉兴灶头画、宁波金银彩绣、宁波泥金彩漆等传统美术，传承有序，技艺精湛，尽显浙江"百工之乡"的聪明才智，是享誉海内外的文化名片。

杭州朱养心传统膏药制作技艺、富阳张氏骨伤疗法、台州章氏骨伤疗法等传统医药，悬壶济世，利泽生民。

缙云轩辕祭典、衢州南孔祭典、遂昌班春劝农、永康方岩庙会、蒋村龙舟胜会、江南网船会等民俗，彰显民族精神，延续华夏之魂。

我省入选国家级非物质文化遗产名录项目，获得"四连冠"。这不仅是我省的荣誉，更是对我省未来非遗保护工作的一种鞭策，意味着今后我省的非遗保护任务更加繁重艰巨。

重申报更要重保护。我省实施国遗项目"八个一"保护措施，探索落地保护方式，同时加大非遗薪传力度，扩大传播途径。编撰浙江非遗代表作丛书，是其中一项重要措施。省文化厅、省财政厅决定将我省列入国家级非物质文化遗产名录的项目，一项一册编纂成书，系列出版，持续不断地推出。

这套丛书定位为普及性读物，着重反映非物质文化遗产项目的历史渊源、表现形式、代表人物、典型作品、文化价值、艺术特征和民俗风情等，发掘非遗项目的文化内涵，彰显非遗的魅力与特色。这套丛书，力求以图文并茂、通俗易懂、深入浅出的方式，把"非遗故事"讲述得再精彩些、生动些、浅显些，让读者朋友阅读更愉悦些、理解更通透些、记忆更深刻些。这套丛书，反映了浙江现有国家级非遗项目的全貌，也为浙江文化宝库增添了独特的财富。

在中华五千年的文明史上，传统文化就像一位永不疲倦的精神纤夫，牵引着历史航船破浪前行。非物质文化遗产中的某些文化因子，在今天或许已经成了明日黄花，但必定有许多文化因子具有着超越时空的生命力，直到今天仍然是我们推进历史发展的精神动力。

省委夏宝龙书记为本丛书撰写"总序"，序文的字里行间浸透着对祖国历史的珍惜，强烈的历史感和拳拳之心。他指出："我们有责任进一步保护好、传承好、弘扬好非物质文化遗产。这不仅是一种文化自觉，是对人民文化创造者的尊重，更是我们必须担当和完成好的历史使命。"言之切切的强调语气跃然纸上，见出作者对这一论断的格外执着。

非遗是活态传承的文化，我们不仅要从浙江优秀的传统文化中汲取营养，更在于对传统文化富于创意的弘扬。

非遗是生活的文化，我们不仅要保护好非物质文化表现形式，更重要的是推进非物质文化遗产融入愈加斑斓的今天，融入高歌猛进的时代。

这套丛书的叙述和阐释只是读者达到彼岸的桥梁，而它们本身并不是彼岸。我们希望更多的读者通过读书，亲近非遗，了解非遗，体验非遗，感受非遗，共享非遗。

2015年12月20日

目录

在唐末五代之时,从浙西临安走出去了一位历史人物——钱镠。他平息两浙战乱,创建吴越国,保境安民,发展农桑,兴修水利,修筑海塘,促进贸易,开拓海运,使得"吴越地方千里,带甲十万,铸山煮海,象犀珠玉之富甲于天下……其民至于老死不识兵革",奠定了"人间天堂"的经济基础。继而又扩建杭城,使杭州成为一座世界名城。"然终不失臣节,贡献相望于道",维护了国家之统一。钱镠不但有杰出的政治、军事才能,还颇通文墨,留下了不少诗文,绘画、书法也无不精通,中国书画史上都有其一席之地,受到历代名家的肯定。钱镠于公元932年在杭州病逝,归葬于临安茅山(太庙山)。现钱王陵为江南保存最完好的帝王陵寝,被列为全国重点文物保护单位。

千百年来,在吴越之地,尤其是在钱镠故里临安,围绕这样一位历史人物产生了一系列的民间传说,主要可分为六类:一是钱镠生平家世传说,二是钱镠智勇过人传说,三是钱镠建功立业传说,四是钱镠除暴安良传说,五是钱镠保境安民传说,六是钱镠才华出众传说。钱王传说表达了老百姓对一代明主的崇敬和感恩,反映了一种朴素而鲜明的历史观和审美观,在坊间广为流传,家喻户晓,对吴越文化的形成和发展有着特殊的意义,丰富了我国的民间文学宝库,也从一个特殊的角度诠释了浙江精神的内涵。

临安市一直以来十分重视钱王文化特别是钱王传说这一非物质文

化遗产的传承和发展。早在1992年就成立钱镠研究会，全方位开展对钱氏三世五王的研究，并多次举办国际、国内学术研讨会。2011年，钱王传说列入第三批国家级非物质文化遗产名录，中国民俗学会在临安建立了中国钱王传说研究中心，将这一专题研究推向高潮。与此同时，临安还多次举办钱王文化艺术节，举行祭祀钱王等活动，在全省范围内广泛征集钱王传说，并出版了《钱王传说集成》一书。近年来，清明祭钱王列入杭州市非物质文化遗产名录，临安被列入浙江省传统节日保护基地，《钱氏家训》上了中央电视台"焦点访谈"栏目。钱王传说更大量地被戏曲、电影、电视剧等采用，为钱王文化的传播起到了推波助澜的作用。

　　文化的力量是巨大的。此次浙江省文化厅组织出版"浙江省非物质文化遗产代表作丛书"，《钱王传说》有幸列入其中，这对于挖掘和弘扬钱王文化，建设山川秀美、城靓村美、生活和美的美丽临安，有着深刻的现实意义和深远的历史意义。我们希望通过"钱王传说"这张金名片，让更多的人了解浙江，了解临安，了解钱王。

临安市人民政府市长　王　敏

2015年11月18日

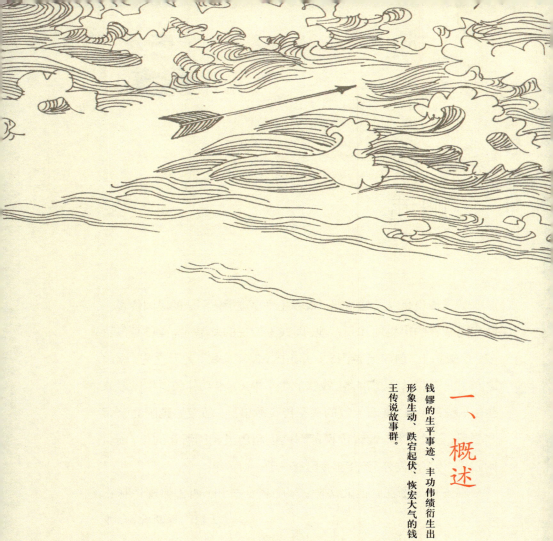

一、概述

钱镠的生平事迹、丰功伟绩衍生出形象生动、跌宕起伏、恢宏大气的钱王传说故事群。

一、概述

钱王传说是以吴越国国王钱镠生平事迹衍化而成的民间传说。临安是钱镠的出生地和归息地，即钱王传说的发源地。钱镠身经百战，开疆拓土，创建吴越国。安邦定国，保境安民，钟天之秀，踞地之英，一方慈父，千里屏藩。钱镠的生平事迹、丰功伟绩衍生出形象生动、跌宕起伏、恢宏大气的钱王传说故事群。随着吴越国的繁荣和强盛，国祚延绵。钱镠传说范围远远超出吴越国所在的江、浙、闽疆界，传至海内外，流传至今已有一千一百多年。

临安地处浙江省西北边陲，东临省会杭州。西晋郭璞诗咏：

"婆留"

"天目山垂两乳长，龙飞凤舞到钱塘。海门一点巽峰起，五百年间出帝王。"

钱镠，字具美，杭州临安人。唐宣宗大中六年（852年）二月十六日出生于石镜镇临水里。钱镠七岁开始从师学习，他生性好动，常跟小伙伴说他喜欢武艺，不喜欢读书。

钱镠画像

唐懿宗咸通五年（864年），由父母之命，钱镠聘戴氏为妻，又过两年，因家境贫困，钱镠辍学在家，仍常温习课本，并请教于乡里贤达，又研读《武经》，兼顾图谶符箓瑞应诸书。十六岁时，钱镠为赡养父母，开始贩私盐谋生。每担盐二百余斤，钱镠走得飞快，常常晓宿夜行，穿梭于海盐及宣歙地区的崇山峻岭之中。

唐懿宗咸通十三年（872年），临安县石镜镇将董昌招募乡兵，钱镠"奋兹戎服，挂彼儒冠"应召入伍。董昌上报其为石镜镇乡兵偏将，钱镠在"训练义师，助州县平溪洞"中显现出军事才华。咸通十四年（873年），钱镠迎娶了戴氏夫人。次年，又迎娶吴氏夫人。

唐僖宗乾符二年（875年），浙西镇遏使王郢在江苏南通狼山反唐作乱，大肆侵扰两浙州县。董昌、钱镠率乡兵打败不可一世的王郢，钱镠在作战中"骁勇绝伦，为董氏所重"。十月，钱镠迎娶陈氏夫人。乾符四年（877年），钱镠被提拔为石镜镇副使。第二年，钱镠随

制服王郢

　　董昌率石镜镇乡兵平定了曹师雄等人的叛乱。钱镠"手仗义旗，身当
劲敌"，身经七十余战，一月之内"静千里之山川，救两郡之涂炭"，
因战功而升任石镜镇都知兵马使，迁镇海军右副使。

　　唐僖宗广明元年（880年）七月，黄巢部两千余人自江西饶州、
信州进入临安，钱镠以精骑二十人成功突袭其先头部队，伏弩射杀

先锋将，并在八百里虚张声势摆下迷阵，故意通过一老媪传话："临安兵屯八百里。"最终智退黄巢大部队进犯。从此，钱镠走出临安，入驻杭州。

唐僖宗中和二年（882年），浙东观察使刘汉宏叛唐，遣其弟刘汉宥率军两万进驻西陵（今杭州市萧山区），准备进攻杭州。董昌命钱镠率八都兵抗击。

唐僖宗光启二年（886年）十月，钱镠对董昌说："除恶务尽，刘汉宏不除，一定是个后患。愿竭尽全力消灭他。"董昌说："你能攻下越州（会稽），我就将杭州给你。"于是，钱镠部署诸将扼守要冲，自己率大军凿山开道，出其不意地直奔曹娥埭，水陆并进，直趋越州。攻下越州后，刘汉宏知道大势已去，只带六百亲兵逃往台州，台州刺史杜雄在驿站设宴招待刘汉宏等人，乘其喝得酩酊大醉之际，命人将刘汉宏捆绑起来，从小路送交钱镠，斩于越州。在处斩刘汉宏的同时，钱镠还处斩

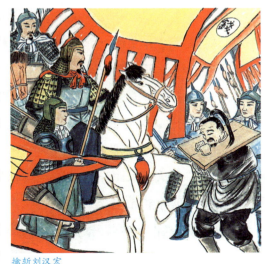

擒斩刘汉宏

了败坏军纪的将领徐靖和刘孟安。平定刘汉宏后，钱镠坚持要董昌莅临越州主持大政。

唐昭宗景福二年（893年）九月，唐授钱镠镇海军节度使、浙西道观察处置使、润州刺史，以杜稜为节度副使。唐昭宗乾宁二年（895年）二月，义胜军节度使董昌在越州称帝建国。原来，董昌做了浙东观察使主政浙东道后，渐渐"恣为淫虐"，靠掷骰子来断案子，广建自己的生祠，迷信谶纬妖言。对唐朝廷投机钻营，贡输频繁，每十天发一纲，绫罗绸帛、金银珠宝数以万计。因而唐朝廷不断给董昌加官晋爵。在封其为义胜军节度使之后，又封他为检校尚书、右仆射、开府仪同三司、检校太尉、同平章事等。董昌还想被封个越王，结果朝廷只封了个陇西郡王的虚衔，没有满足董昌的要求，董大为不满，认为是朝廷欺负他。而李畅之等人乘机煽动说：越王算什么，称越帝也不为过。于是散布民谣"欲识圣人姓，千里草青青。欲知圣人名，日从日上生"，做梦梦见"兔子上金床"，罗平鸟主越州人祸福等。在应智、王媪、韩媪、倪德儒等人的妖言蛊惑下，董昌决定称帝，改元天顺，董昌称大越罗平皇帝，并把四只眼睛三只脚，鸣叫声为"罗平天册"的大鸟视作祥瑞之物。百官称董昌为"圣人"，呼其"圣人万岁"。董昌称帝后，派专使给钱镠送来密信，告知即帝位事，并封钱镠为两浙都指挥使。钱镠先派幕僚沈滂送去《劝董昌仍守臣节书》，劝其与其闭门做天子，使九族百姓涂炭，不如开门为节度使，

"兔子上金床"

使子孙富贵无忧。董昌收到钱镠劝诫信，没当回事。钱镠就率三万大军直抵越州城下阻止董昌称帝。他亲至延恩门下拜见，再三劝诫"及早悔改，仍尽臣节"。董昌一看大兵压境就害怕了，送两百万缗钱给钱镠劳军，又将"首谋者"应智、王媪、韩媪等人交由钱镠处斩，并表示"待罪天子"。钱镠处斩罪魁祸首后即率军返回杭州。董昌的都指挥使马绰、指挥使骆团顺势归顺钱镠。

　　当年四月，钱镠之父钱宽逝世，唐派使者至祭并赠尚书左仆射。钱镠又上奏，表示本应疾速趋西陵，督师往讨，无奈父亲病故，只能请假治丧，也"不应与闻军政"，但"贼一日不灭，小民一日不宁；贼一日不除，臣心一刻不安"，希望皇帝"速发讨贼之师"，使"贼寇除而民心安，圣主康而社稷固"。五月，唐朝廷听从钱镠请求，派遣高品、李重密宣诏削夺董昌官爵，诏书明确董昌罪状是利用妖言称帝建国，而且经耐心劝导不思悔改，肯定钱镠忠于朝廷，命令其"进兵讨伐"。

六月，唐授钱镠检校太傅、彭城郡王，兼浙东道招讨使、制置使，两浙盐铁发运使。七月，钱镠奏请出师讨伐董昌，诏许夺情，"素服出师"，授钱镠起复（服丧期间任职）云麾将军、左金吾卫大将军员外置同正员。董昌向杨行密求救。九月，杨行密兵攻苏州、东安，声援董昌。十月，钱镠派顾全武率师进击董昌。在嘉兴击退淮南兵。

唐昭宗乾宁三年（896年）五月，钱镠平定董昌。八月，唐封钱镠检校太尉兼中书令。十月，加封钱镠镇海、威胜两军节度使。十月二十九日，唐更威胜军为镇东军，仍以钱镠为节度使。至此，钱镠实际上统辖了两浙诸道，吴越国版图基本形成。其时，僧人贯休投诗恭贺钱镠，钱镠很喜欢这首诗，其中有句云："一剑霜寒十四州。"钱镠派人告诉贯休，让他把"十四州"改为"四十州"。贯休说："州亦难添诗亦难改。"当天就拂袖而去。

乾宁四年（897年）六月，钱镠与淮南军战事渐趋缓和，才敢奉命至越州，受镇东节钺。七月，钱镠回杭州，以越州为东府。八月，敕令钱镠起复（治丧期间任职）。复赐钱镠铁券，免钱镠九死，子孙三死，犯普通罪官府不得处罚。铁券由唐中使焦镗送达杭州。唐昭宗是想把钱镠树为典范，以"免九死"等特殊待遇来影响诸多藩镇，以达到维护唐朝统治的目的。对钱镠来说，获得这样的褒奖，"飞扬肝胆"，激动不已。钱镠让罗隐作了谢表，表示自己虽位高权重，但始终如履薄冰，担心"福过祸生"，希望善始善终，因此会"谨当一慎一日，诫子诫孙，不敢因此而累恩，不敢乘此而贾祸"。八月，钱镠部队进驻昆山。九月，湖州刺史投靠杨行密，钱镠亲巡湖州，以高彦为

金书铁券

湖州制置使。是月，唐封钱镠为吴王。十月，淮南军又夺取苏州，派台濛驻守。为对付淮南的攻势，乾宁五年（898年）正月，钱镠派使者去京师，请以朱全忠为都统讨伐杨行密，唐朝廷不许。是月，钱镠派军队攻苏州，俘获淮南将李近思等。两军又战于无锡，钱镠部抓获其偏将陈益等。二月，钱镠请移镇海军治于杭州，唐从钱镠请。七月，进钱镠检校太师兼九锡，赐号定乱安国功臣。九月，顾全武再克苏州，淮南军台濛等败逃，昆山守将秦裴投降。是月，唐以钱镠兼两浙安抚使。十月，钱镠升苏州制置使曹圭为刺史。闰十月，钱镠派王球讨伐婺州叛将王坛。十一月，钱镠派顾全武讨伐叛附杨行密的衢州刺史陈岌。十二月，杨行密送成及回浙，以交换淮将魏约等。

之后，唐派中使来取钱镠画像以置放朝廷的凌烟阁，钱镠命画工画像进呈。钱镠在杭州的都督府扩建镇海军使院落成。葬其父钱宽于临安北乡清风里大郎山下、苕溪之畔的明堂山之南。墓拱顶绘有二十八宿和北斗天文图，金箔作星。钱镠出生时虽有"婆留"小插曲，内心还是十分孝敬父亲的。发迹后，他在家乡大兴土木，营造华丽殿堂，钱宽总是避而不见。钱镠问其故，钱宽告诫说："我们钱家世代渔田为业，你如今是两浙的主人，三面受敌，与人争利。我不想见你，就是不想全家人陪你去杀头。"

唐昭宗光化四年（901年）二月，五十岁的钱镠衣锦还乡，大会故老宾朋。"山林树木皆覆以锦幄"，"旌旗鼓吹，振耀山谷"，并作歌记其事,号其幼时玩耍地之树为"衣锦将军树"。临安十锦地名如衣锦南乡、衣锦北乡、锦桥、昼锦堂、保锦坊、保锦山等多由此而封。钱镠祭拜了祖坟,还与故旧相会。

衣锦还乡

四月,钱镠亲巡越州东府。五月,唐加封钱镠守侍中,进封彭城王,敕升衣锦营为衣锦军,石锦山为衣锦山,大官山为功臣山。

九月初四,钱镠母亲水丘氏在杭州都督府逝世,享年六十八岁。钱镠十分悲痛,他对母亲极孝,曾亲自背母亲上三层楼台观景晒太阳。母亲逝世后,钱镠特意请进士吴仁璧为母亲写墓志铭,遭吴仁璧拒绝。钱镠恼羞成怒,将吴沉入小东江。十月,淮南将李神福以假消息蒙骗顾全武,设伏大破顾全武,歼灭五千人,俘虏顾全武以下三千人。钱镠闻讯惊泣曰:"丧我良将!"

十二月,李神福得知钱镠未死而临安又久攻不下,加上天寒地冻,打算回师,又恐被钱镠追击,故派人守护钱氏祖坟,禁止砍伐树

全国重点文物保护单位功臣塔

木，又让顾全武通家信。钱镠派使者致谢。李神福在要道设旗帜，虚增营帐，恍如大将将至，钱镠请和，李神福获犒赏而还。是月，唐敕钱镠起复云麾将军、左金吾卫大将军、员外置同正员，钱镠在治丧期间再次被唐朝起复职位，率军打仗。打完衣锦保卫战后，钱镠在明堂山父亲墓东修造寝陵，安葬母亲。

唐昭宗天复二年（902年）七月，钱镠亲巡衣锦城，命右武勇都指挥使徐绾及官兵加紧整治衣锦军城墙外之沟洫。时值酷暑，徐绾部多有怨言，成及建议暂停，钱镠坚持要继续施工。八月十三日，徐绾图谋在临安钱镠告别宴上刺杀钱镠未成，便率武勇都先回杭州，到杭州郊外同左武勇都指挥使许再思会合同谋，纵兵焚掠，进逼牙城。钱镠返杭至龙井，让成及假装自己的模样大摇大摆地往杭城北门进发，打着钱镠旗号与叛军战斗。钱镠则化装成百姓，由神将钟审护送，乘小船到达城东北，越墙而入。值班的更夫正靠鼓

带兵打仗

而睡，被钱镠斩杀。钱镠归来，大大增加了守城将士的信心。

考虑到徐、许会与淮南田頵合谋，于钱不利，顾全武、杜建徽建议向杨行密求助。钱镠决定派顾全武偕六子传璙向杨行密求婚，以阻止田頵。九月，宣州田頵应徐、许请出师攻杭州。杨行密顾忌田頵势力膨胀，同意将女儿嫁给传璙，并召田頵返回宣州，如不返将另派人镇守宣州。十二月，田頵只得返回，但要求钱镠给二十万钱犒赏军队，并要钱镠的一个儿子做女婿（实为人质）。钱镠想让九子传球去做人质，传球不愿。七子传瓘自告奋勇，纾国家之难，被用绳索从北门吊放下至田頵军营。田頵遂与徐绾、许再思同归宣州。

唐昭宗天复三年（903年）七月，睦州刺史陈询背叛钱镠，钱镠派方永珍讨伐。九月，田頵、安仁义背叛杨行密，杨行密请钱镠出兵援助。钱镠派堂弟钱镒进兵宣州宛陵。淮南将李神福在皖口击败田

颡，抓获徐绾，杨行密将其送交钱镠，钱镠用其心祭奠在抗击徐、许叛乱中牺牲的高渭。

唐哀帝天祐三年（906年）正月，淮南宣州观察使王茂章率众投钱镠，被封为镇东军节度使副使，更名景仁，这使浙东南战场形势发生根本性转机。钱镠亲至睦州指挥，方永珍攻取婺州，进击衢州。九月，钱镠以方永珍为衢州制置使，鲍君福为刺史。是月，唐派使者授钱镠吴王竹册。十一月，唐册封钱镠三代，并准于本道立私庙。十二月，钱镠以弟钱镖为婺州制置使。同时，钱镠断然拒绝接受淮南杨渥所赠龙衣玉册、书疏等"隆仪"，并回《复邗沟杨氏书》，笑"僭号称尊"者是"自坐炉炭之中，又欲踞吾于上耶"，并劝其"全臣节"。

开平二年（908年）正月，后梁敕改临安县为安国县，广义乡为衣锦乡。三月，后梁进封钱镠守太保。四月，钱镠作《镇东军墙（城）隍神庙记》。五月，淮南杨渥被张颢、徐温所杀，钱镠派使者去吊祭。六月后梁进封钱镠检校太师、守中书令。八月，后梁升杭、越等州为大都督府。钱镠派王景仁去京城报告进击攻取淮南的策略。朱全忠（后梁武帝）赐钱镠玉带一匣，打球御马十匹。

九月，淮军围困苏州。钱镠派弟钱镖率军驰援。淮南派周本和吕师选进击吴越军。吴越军张仁保攻克常州的东洲，歼敌万余人，生擒将士千余人。淮南再派陈璋、柴再用攻东洲，在鱼荡打败张仁保，夺回东洲。十月，钱镠请后梁出兵支援，后梁以亳州团练使寇彦卿率师击淮南，大败而归。后梁开平三年（909年），钱镠从明州至杭州，后梁派姚洎、罗衮为副使至杭州为钱镠行吴越王册封礼。后梁开平四年（910年）三月，钱镠命传瓘筑杭州子城，同时扩建罗城，主要是扩展东南部旧城，使杭州城范围更大了。

杭州自汉唐以来潮患不断。钱镠主政杭州后，钱江挟海潮为害更甚。钱镠为镇住钱江潮，决定改变原先简陋的筑堤、修堤的办法，征发民夫二十万，于杭州候潮门、通江门外筑捍海塘。海潮汹涌，工程受阻。钱镠设案供献祭天神，"望神歆鉴"，祝"愿退一两月之怒涛，以建数千年之厚业，生民蒙福"。又至胥公祠祭祀潮神。潮稍退，即用巨木为桩，以长竹笼装卵石为堵，筑就塘基，再用石块垒堤坝。到十月底，从六和塔至艮山门，全长338593丈，捍海石塘全部竣工，耗资109440缗钱。由此杭州城解除潮患，向东拓展。城内大修台馆，建民宅、大道。

钱王射潮

是月，钱镠亲巡衣锦军，办宴请乡里故旧和老人。有一个九十高龄的老太太拿着一壶酒，叫着钱镠的小名说："钱婆留宁馨富贵。"钱镠立即拜谢。盛宴上凡男女七十岁以上者用银樽饮酒，八十岁以上者用金樽饮酒，百岁以上者用玉樽饮酒。钱镠拿着酒杯频频祝酒，一时兴起，即席赋诗《还乡歌》："三节还乡兮挂锦衣，吴越一王兮驷马迫。临安道上兮列旌旗，碧天朗朗兮爱日辉……"钱镠边唱边舞，还不时招呼大家一起唱。可是父老乡亲中识文断字的人不多，也听不懂钱镠唱的是什么。钱镠马上改用越语唱出"你辈见侬底欢喜，别是一般滋味子，永在我侬心子里"，这一来，举座欢腾。

后梁乾化二年（912年），钱镠作"家训"八条，勉励子孙。七月，后梁尊钱镠为尚父，并敕扩建牙城。有术士告钱镠，若填西湖筑城，有国可以千年。钱镠说：百姓靠湖水生存，无水就没有百姓。我遵命扩大牙城，本是为更好保护百姓，怎么能有别的想法呢？况且，哪有千年而天下没有真主的？我不会那样干的。九月十一日，钱镠原配顺德夫人戴氏逝世，追赠正妃，谥庄正，葬临安西墅明堂山。

后梁乾化四年（914年）六月，后梁授传璙特进光禄大夫、开国侯，食邑一千户。九月，传璙攻克无锡，俘获淮南将朱超等五百人。是年，后梁敕选钱镠第十五子传璟为驸马都尉，钱镠推让。第二年二月，后梁末帝派韦璬、李发赴杭为寿春公主选夫婿，以钱镠子传珍为驸马都尉。后梁末帝贞明二年（916年）正月，钱镠派杜建徽护送传珍赴梁与寿春公主成婚。

后梁乾化五年（915年）正月，钱镠巡衣锦军。十月，吴越设都水营田使，"以主水事"，统一规划，负责农田水利事宜，着重治理太湖流域水系。凡河浦皆设堰闸，"旁分其支派支流"，蓄水灌田，不使溢聚，并阻江潮入河，内涝则启闸排水入海。又建撩浅军负责疏浚工作，太湖就有撩浅军七八千人，并有农民担任的撩浅夫相配合，修堤坝筑堰闸，经港塍坞，蓄泄有时。在桐乡沿塘有泾，通于支港。筑塘以行水、泾以均水、塍以御水、坞以储水。旱则运水种田，涝则引水出田。

都水营田使还组织农民修筑圩田，就是在江河湖渠两岸平原周围筑起堤坝，内造良田，外阻水流，有效地拓展了耕地面积。规模较大的圩田还派驻营田军屯驻。

后梁末帝贞明二年（916年）正月十五，钱镠上表封钱塘湖龙君为广润龙王，封绍兴镜湖龙君为赞禹龙王。钱镠亲自在宝石山选址，确定龙王庙的建设规模。庙成后，钱镠亲撰《建广润龙王庙碑》记其事。钱镠除祈祷钱塘江潮神外，对各地龙王多有拜祭。

后梁贞明五年（919年），吴越与吴国征战中一直相持不下，钱镠也已年近七十，他还是决心一搏，以非军事手段打赢吴国。半年中钱镠深感不能"自毙其力"，随即"遣使请和"，从此两国息兵二十多年。

十一月二十三日，钱镠的正德夫人吴氏逝世，享年六十二岁，封元妃，谥庄穆。是年，后梁授传璙建武军节度使、检校太傅、同中书门下平章事，判苏州。

后梁末帝贞明六年（920年）二月，后梁特许钱镠诸子在丧母戴孝期间可以担任新的官职。七月，钱镠以睦州刺史传懿改任婺州刺史。十二月，钱镠派使者为传璙向楚王马殷求婚，马殷应允了婚事。

后梁末帝龙德三年（923年）二月，后梁派兵部侍郎崔协、刑部员外郎夏昭侯来杭州赐钱镠吴越国王册暨建国之仪，钱氏三代俱获册封。二月二十二日，钱镠建吴越国，以大元帅府（牙城）为国治，仪卫名称多如皇帝的规制，所居称"宫殿"，府署称"朝廷"，夫人册封称为"王妃"，教令称"制敕"，居官称"臣"，对梁称"吴越国"而不称"军"。钱镠以传瓘为镇海、镇东留后，总领军府事。设置百官，有丞相、侍郎、郎中、员外郎等。四月，钱镠派使者访问契丹。

后唐同光元年（923年）五月，后唐派使者来杭州宣谕，仍以钱镠为吴越国王，一切典礼不变，并赐钱镠名马、玉带、香药等。同光二年（924年）五月，钱镠在安国县海会寺建两经幢。八月十三日，钱镠第十九子慧因普光（令因）大师圆寂，钱镠为其建塔院，十二月初九葬于塔。九月，钱镠派使者向后唐纳贡。十月二十二日，后唐庄宗李存勖生日，定为万寿节，钱镠特贡奉生辰寿礼，有金器盘、龙凤织锦袍、秘色瓷器等。吴越贡奉使带回后唐正式封授，授钱镠天下兵马都元帅、尚父、尚书令、吴越国国王。是年，吴越改元宝大。其实吴越国在后梁取代唐的第二年即开平二年（908）就改元天宝，行于吴越境内。后唐同光四年（926年）改元宝正。

在唐昭宗乾宁年间，有一农民挖地得到一块皇帝传国玉玺，献给了钱镠。之后，钱镠献给后唐庄宗。同光三年二月（925年），庄宗敕书钱镠：我在学堂读书时就听闻尚父（钱镠）的名声，进呈的玉玺表明你对朝廷的忠心至诚，现命有关部门备玉册、金印、红袍御服等赏赐。此话一出，大臣们都反对，说本朝除笼络远方藩属用玉册、金印外，在本土九州之内还没有这种先例。钱镠是人臣，按礼应用竹册、铜印。最后庄宗坚持赐玉册、红袍御服、冠履佩剑、以金铸造的"吴越国之印"及册礼大典的一应礼品。八月二十七日，后唐派吏部侍郎李德休来杭州行册封礼。

后唐庄宗同光四年（926年）正月，吴越向后唐进贡。三月，钱镠生病，到衣锦军休养，命传璙监国，相机办事。吴国徐温派使者来慰问。钱镠知徐温是借慰问之名，实为打探其病情虚实，故抱病见吴使者，这才打消徐温袭击吴越的计划。四月，李嗣源射死李存勖，攻占洛阳即皇帝位，即后唐明宗。五月，钱镠派使者向后唐进贡。八月，钱镠命建武康灵德王庙。

后唐天成二年（927年）十一月，钱镠派通和使去高丽和后百济，使双方和好。钱镠在南山建宝林院，在玉岑山北建惠因寺。天成三年（928年）二月，后唐赐钱镠汤药。三月，钱镠抱病在太湖投告龙简，并在吴越国内洞府名山河湖遍投龙简。六月，吴越大旱，蝗虫成灾，遮天蔽日，钱镠在都会堂与各神庙祈祷。幸得大风，蝗虫坠落江湖而死。

八月，钱镠请以镇海镇东两镇节度使授其子传瓘，后唐同意并授传瓘镇海镇东军节度使。当时后唐明宗重用枢密使安重诲。安重诲因钱镠没有向其行贿而记恨，总想借机削除钱镠的官爵。正巧明宗得知钱镠身体欠佳，派监门卫上将军乌昭遇到杭州，赐钱镠汤药及国信。安重诲特意安排自己的亲信韩玫做副使，暗中监视。乌昭遇返回后，韩玫向安重诲告密说，在杭州时乌昭遇见钱镠时"舞拜称臣"，并把朝廷内一些事情告诉了钱镠。安重诲奏请明宗将乌昭遇处死，削夺钱镠天下兵马都元帅、尚父、尚书令、吴越国国王的爵位，以太师致仕。同时将吴越派驻洛阳的进奏官、使者、纲吏都扣押起来。钱镠令传瓘上表申诉冤情，后唐朝廷不予理睬。

后唐长兴二年（931年）三月，明宗派监门卫上将军张筬、兵部郎中卢重，赏敕书恢复钱镠一切爵位。四月，钱镠改建杭州钱明观，筑观前石桥，钱镠题柱。七月，钱镠作《新建风山灵德庙记》。是月，有象进入信安境，钱镠命兵士圈养。十月，钱镠在盐官长安镇复建正觉寺。是年，钱镠封西湖落星山为宝石山。

后唐长兴三年（932年）年二月二十二日，钱镠病重，明宗赐汤药。三月，钱镠一病不起，他召集将佐们说：我的病好不起来了，几个儿子都愚昧懦弱，谁能担当主帅？你们自己选择统帅吧！将吏们当然明白钱镠的用意，哭着说：两镇节度使传瓘有军功，贤明仁孝，我们愿意跟随他。钱镠又召集在家的儿子们，要大家各自表功，传懿、传璟、传祐、传弼等均推传瓘，于是钱镠将印信、钥匙、兵符交给传瓘说："将吏推你，宜善守之。"并叮嘱："中国之君，虽易异姓，宜善守之，勿废

钱王雕像

臣礼；十四州百姓，须用敬信节爱；使民之道，善为抚辑；叔侄兄弟，务敦友爱；抚御将吏，期于宽严相济；无图安康逸豫，无得罪于群臣、百姓。"这可以说是钱镠的政治交代。

三月二十五日大雪。三月二十八日，钱镠逝世，享年八十一岁。钱镠主政杭州四十一年，掌控两浙三十七年，是五代十国中在位最长的一位雄藩。四月十五日，钱镠逝世的讣告送达后唐朝廷，明宗为钱镠"废朝七日，哀悼不已，御祭三次"。明宗赐谥诏："故天下兵

马都元帅、尚父、尚书令、吴越国王钱镠，累朝元老，当代勋贤，位已极于人臣，名素高于简册，赠典既无其官爵，易名宜示其优崇。宜令所司定谥……谥曰'武肃'。"四月十八日，钱镠灵柩殡于衣锦军。长兴三年（933年），钱传瓘嗣立继位，改名元瓘，兄弟凡名"传"即改"元"，根据钱镠遗嘱去国仪、年号，用藩镇法，尊中原朝廷年号。

后唐闵帝应顺元年（934年）正月二十一日，敕葬钱镠于衣锦乡茅山。后唐派光禄寺少卿张褒宣达皇命，一切葬礼用王礼。

[壹]古代典籍中的钱王传说

古代典籍中的钱王传说，属人物传说中的帝王传说。历代帝王在历史上的地位和作用，历史学家早已有所评价。钱武肃王生前"为国平凶，与民定乱"，先是"旋分骁锐"，"密运机钤"，"辅本郡之政经，统八都之纪律"，继而"平定四凶"，斩汉宏，擒薛朗，灭孙儒，平董昌，"方澄两浙之波澜，尽扫十州之气氛"。然后，又荡平李师悦、徐绾之辈。开拓和巩固吴越疆土的戎马生涯、经历事迹，以及在福德、王业、治家、将佐、韬略、善政、礼士、才艺、崇信、创业、子孙绍续等方面的业绩和成就，广泛流传于民众之中，被史官和文人墨客记录下来，写进正史典籍及方志、笔记杂谈之中。

（一）记载钱王史料的古代典籍

典籍通过记录与钱武肃王有关的史料，形成钱王传说的最初版本，这是钱王传说产生、发酵、衍生的阶段。

此类典籍有《新唐书》、《旧唐书》、《宋史》、五代后周范质《五代通录》、宋欧阳修《新五代史》、宋薛居正《旧五代史》、宋司马光《资治通鉴》、宋尹诛《五代春秋》、宋陶岳《五代史补》、宋王溥《五代会要》、宋王禹偁《五代

钱镠小名婆留

史阙文》、宋路振《九国志》及《九国志逸文》、清马端临《文献通考》、清吴任臣《十国春秋》等。

（二）记录钱王传说的古代典籍

自宋、元、明、清至近代，是钱王传说的形成和发展时期。大多是通过史料整理，经加工、创作，繁衍出形式多样、风格迥异的钱王传说新版本。

此类典籍有唐罗隐《吴越掌记集》、五代吴越国皮光业《皮氏见闻录》、宋范坰、林禹《吴越备史》、宋潜说友《咸淳临安志》、宋释文莹《湘山野录》、宋施谔《淳祐临安志辑逸》、宋乐史《太平寰宇记》、宋毕仲询《幕府燕闲录》、宋袁褧《枫窗小牍》、元盛如梓《庶

钱王文化相关书籍

斋老学丛谈》、元钱文选《钱氏家乘》、明马荩臣《吴越备史补遗》、明田汝成《西湖游览志》及《西湖游览志余》、清古吴墨浪子《西湖佳话》、清徐松《宋会要辑稿》。

（三）古代典籍中钱王传说选录

钱镠还乡

开平元年，梁太祖即位，封钱武肃镠为吴越王。时有讽镠拒梁命者，镠笑曰："吾岂失一孙仲谋耶？"遂受之。改其乡临安县为临安衣锦军。

　　是年，省茔垄，延故老，旌钺鼓吹，振耀山谷。自昔游钓之所，尽蒙以锦绣，或树石至有封爵者。旧贸盐肩担，亦裁锦韬之。一邻媪九十余，携壶浆角黍迎于道，镠下车亟拜，媪抚其背，犹以小字呼之，曰："钱婆留，喜汝长成。"盖初生时光怪满室，父惧，将沉于丫溪，此媪苦留之，遂字焉。

　　为牛酒大陈，以饮乡人，别张蜀锦为广幄，以饮乡妇。凡男女八十已上金樽，百岁已上玉樽，时黄发饮玉者尚不减十余人。镠起，执爵于席，自唱《还乡歌》以娱宾曰："三节还乡兮挂锦衣，吴越一王兮驷

唱《还乡歌》

将军树

马归。临安道上兮列旌旗，碧天朗朗兮爱日辉。父老远来兮相追随，
家山乡眷兮会时稀，斗牛光起兮天无欺。"时父老虽闻歌进酒，都不
之晓。武肃觉其欢意不甚浃洽，再酌酒，高揭吴喉唱山歌以见意，词
曰："你辈见侬底欢喜，别是一般滋味子，永在我侬心子里。"歌阕，
合声赓赞，叫笑振席，欢感闾里。今山民尚有能歌者。

宋·释文莹《湘山野录》

贯休投诗不改

禅月贯休尝以诗投之，曰："贵极身来不自由，几年勤苦踏山丘。满堂花醉三千客，一剑霜寒十四州。莱子衣裳官锦窄，谢公篇咏绮霞羞。他年名上凌烟阁，岂羡当时万户侯？"镠爱其诗，遣客吏谕之曰："教和尚改十四为四十州，方与见。"休性褊介，谓吏曰："州亦难添，诗亦不改，然闲云孤鹤何天而不可飞邪？"遂飘然入蜀，以诗投孟知祥。有"一瓶一钵垂垂老，万水千山得得来"之句。知祥厚遇之。

宋·释文莹《湘山野录》续录

欢喜地

武肃王还临安，与父老饮，有"三节还乡"之歌。父老多不解，王乃高揭吴音以歌，曰："你辈见侬底欢喜，别是一般滋味子，永在我侬心子里。"

至今狂童游女借为奔期问答之歌。呼其宴处为"欢喜地"。

宋·袁褧《枫窗小牍》卷上

衣锦山

衣锦山，旧名"石镜山"，在县南一里，高二十六丈，周二百六十步。《太平寰宇记》云：山之东峰有石镜，径二尺七寸，其光如镜。钱镠幼时游此，顾其形服冕旒如王者状。其后，昭宗改镠所居营曰"衣

衣锦还乡封"十锦"

锦营"，寻又升为"衣锦城"。宴故老，山林皆覆以锦。号其幼所尝戏大

木曰"衣锦将军"。

宋·潜说友《咸淳临安志》

临安县土地

杂志：吴育春卿为临安宰，三日谒庙，庙后土地称属国侯者，视

之，乃十余岁小儿。

故老云：钱尚父所用小吏，一挥扇误触臂，一于睡时以水添沸汤

使无声，悉令诛之。挥扇者甘死，止沸者称冤。乃赦挥扇者，曰："吾睡，方欲以水添沸汤使无声。此吏已先知之矣，不可赦。"后忽见形于前，钱叹曰："我戮人无数，此小儿乃敢现身！封汝为属国侯，永为临安土地，受彼血食。"遂不见。

宋·潜说友《咸淳临安志》卷八十八"祥异"
又见明·田汝成《西湖游览志余》卷二十四"委巷丛谈"

牛踏钱破

僧昭者，通于术数。居两浙，大为钱塘钱镠所礼，谓之国师。一旦谒钱，有宫中小儿嬉于侧，坠下钱数十文。镠见，谓之曰："速收，虑人恐踏破汝钱。"昭师笑曰："汝钱欲踏破，须是牛即可。"镠喜，以为社稷坚牢之义。后至曾孙俶，举族入朝，因而国除。俶年属丑为牛，可谓牛踏钱而破矣。

宋·陶岳《五代史补》卷五《契盈属对》

射潮箭

五代钱王射潮箭，在临安府候潮门左首数步。

昔江潮每冲激城下。钱氏以壮士数百人，候潮之至，以强弩射之，由此潮头退避。

后遂以铁铸成箭样，其大如秤。作亭泥路之旁，埋箭亭中，出土

钱王射潮

外犹七尺许，以示镇压之意。

元·刘一清《钱塘遗事》卷一

临安里钱婆留发迹

贵极身来不自由，几年勤苦踏山丘。

满堂花醉三千客，一剑霜寒十四州。

莱子衣裳宫锦窄，谢公篇咏绮霞羞。

他年名上凌云阁，岂羡当时万户侯？

　　这八句诗，乃是晚唐时贯休所作。那贯休是个有名的诗僧，因避黄巢之乱，来於越地，将此诗献与钱王求见。钱王一见此诗，大加叹赏，但嫌其"一剑霜寒十四州"之句殊无恢廓之意，遣人对他说，教和尚改"十四州"为"四十州"，方许相见。贯休应声，吟诗四句。

　　……

　　后唐王禅位于梁，梁王朱全忠改元开平，封钱镠为吴越王，寻授天下兵马都元帅。钱镠虽受王封，其实与皇帝行动不殊，一般出警入跸，山呼万岁。据欧阳公《五代史》叙说，吴越亦曾称帝改元，至今杭州各寺院有天宝、宝大、宝正等年号，皆吴越所称也。自钱镠王吴越，终身无邻国侵扰，享年八十有一而终，谥曰"武肃"。传子元瓘，元瓘

临安市锦北街道黄学清老人在讲婆留井的故事

传子佐，佐传弟俶。宋太祖陈桥受禅之后，钱俶来朝。到宋太宗嗣位，钱俶纳土归朝，改封邓王。钱氏独霸吴越凡九十八年，天目山石碑之谶，应于此矣。后人有诗赞云：

> 将相本无种，帝王自有真。
>
> 昔年盐盗辈，今日锦衣人。
>
> 石鉴呈形异，廖生决相神。
>
> 笑他"皇帝董"，碑谶枉残身。

明·冯梦龙《古今小说》卷二十一

叶简善卜筮

　　武肃王左右，算术医流，无非名士。有叶简、李咸者，善卜筮。武肃当衙，忽一日，非常旋风南来，绕案而转。召叶简问之，曰："无妨也。此淮帅杨渥已薨，当早遣吊祭使去耳。"王曰："生辰使方去，岂可便伸吊祭？"简曰："此必然之理。速发使往。彼若问'如何得知？'但云'贵国动静、当道皆预知之'。"王从而遣之。生辰使先一日到，杨渥已薨，次日吊祭使至，由是杨氏左右皆大惊服。

明·田汝成《西湖游览志余》卷二十六

罗隐题破

　　罗昭谏隐，新城人，博物能诗。唐昭宗时，游京进，不遇。归谒武肃王，辟为钱塘令，寻掌书记。时镠初授镇海军节度，命沈崧草谢表，盛称浙西繁盛。成以示隐，隐曰："是自贾征索也。"请更之，乃极言兵火凋敝，有"天寒而麋鹿来游，日暮而牛羊不下"之语。廷臣见之曰："此罗隐词也。"又贺昭宗更名晔表曰："左则姬昌之半字，右则虞舜之全文。"京师称为"诸镇第一"云。然性傲睨，好议评臧否，探隐命物，往往奇中，故至今杭人称前定不爽者，犹云"罗隐题破"也。

明·田汝成《西湖游览志余》卷二十六

武肃王世家

武肃王姓钱，名镠，字具美，杭州临安人也。唐大中六年二月十有六日，生于邑临水里。

先是邑中旱，县令命道士东方生起龙以祈雨，生曰："茅山前池中有龙，起必大异。"令乃止。明年复旱，生乃遽指钱镠所居曰："池龙已生此家。""时镠实诞数日矣。始诞之夕，镠父宽方他适，邻人急奔告曰："适过君家后舍，闻甲马声甚众。"宽疾驰归，而镠已生，复有红光满室。宽怪之，将弃于水丘氏之井。镠大母知非常人，固不许，因小字曰婆留，而井亦以名。

里中有大木，镠幼时常与群儿戏木下。(《杭州志》云：木在临安衣锦山，武肃王微时常戏于此，又常避难于其下。后贵显，封为"将军木"，更有称号)镠坐大石，指麾群儿为队伍，号令颇有法，群儿皆

为国纾难

敬惮之。未几，镠祖宙死，将葬，夜，会大风拔树于野，诘旦，术者谓
镠父曰："此拔树之穴，是天启也。宜以葬。"已而抚镠背曰："当贵
此孙。"稍长，游径山，有道人洪谔者，每僻地相迎，不期而遇。镠问
故，谔曰："君非常人，故预知耳。"

　　及壮，无赖，不事家人生产，以贩盐为盗。县录事钟起子数人辄
与镠饮博，起常禁其诸子，诸子多窃从之游。豫章人工天官者，望斗牛
间有王气，斗牛，钱塘分也。因游钱塘，占之，在临安。乃之临安，以
相法隐市中，阴求其人。起与豫章人善，私谓起曰："占君邑有贵人，

求之市中不可得。视君相贵矣，然不足当之。"起乃置酒，悉召邑中贤豪为会，阴令偏视之。皆不足当。一日，豫章人过起，镠适从外来，见起，反走。豫章人望见之，大惊曰："此真贵人也！"起笑曰："吾傍舍钱生耳。"豫章人召镠至，熟视之，顾起曰："君之贵者，因此人也。"乃慰镠曰："子骨法非常，愿自爱。"遂与起诀曰："吾求其人者，非有所欲，直欲质吾术尔。"起始纵诸子与镠游，时时贷其穷乏。

镠善射与槊。骁勇绝伦，略通图纬诸书。邑中山有石，径二尺七寸，其光如镜，镠游此，顾其形服冕旒如王者状，甚秘之。

乾符二年，浙西镇遏使王郢作乱，石镜将董昌募乡兵讨贼，表镠偏将，击郢，破之，镠时年二十四也。及昌至杭州，镠因事道余杭，有瞽者以摸骨相集龙光桥，镠请相，竟无一言；未几归，复赍金请相。瞽者曰："旁无人乎？"乃引臂叹曰："天下乱矣，期时之内，再遇贵人。"言讫而去。

五年，群盗朱直管、曹师雄、王知新等剽掠宣、歙间，镠率兵讨平之，以功授石镜镇衙内知兵马使，迁镇海军右副使之职。

六年，黄巢拥众二十万，大掠州县，兵将及石镜镇，我众才三百人，镠谓昌曰："贼以数万之众，逾越山谷，旗鼓相远，首尾不应，宜出奇兵邀之。"乃与劲卒二十入伏草莽中。巢先锋度险皆单骑，镠伏弩射杀其将，巢兵乱，镠以劲卒蹂之，斩首数百级。镠曰："此可一用耳，若大众至，何可敌邪？"乃引兵趋八百里。八百里，地名也。告道旁媪曰:"后有问者,告曰临安兵屯八百里矣。"巢众至,闻媪语,不知其地名,皆曰:"向十余卒,不可敌,况八百里乎?"遂急引兵过。都统高骈闻巢不敢犯临安,壮之。

清·吴任臣《十国春秋》卷七十七

叠雪楼

五代梁开平四年八月,吴越王钱镠,因江潮冲击,欲筑塘捍之,而版筑不就,乃祷于胥山祠,为诗一章,有句曰:"为报龙王及水府,钱江借取筑钱城","函钥置海门,遂登叠雪楼"(按徐一夔《吴越国

渔网拦石

考》，吴越国治在凤凰山。其射潮时，以铁幢识其射处。以今验之，去凤凰山仅二百余步。则所谓叠雪楼，当在馒头山上也），命强弩三千，迎潮头射之，于是潮头退避西陵，遂定通江、候潮两门城基。此类神话，然千古艳称，谅非虚构也（按灵隐旧有《武林截潮志》石刻，云：有宝达和尚者，会浙江大溢，潮至湖山，达持咒止之。自是潮击西兴，而钱塘沙涨成陆。此则潮击西陵，又非武肃射潮之功，而为宝达持咒之功，真神话矣。此说见《拾翠余谈》。其所谓石刻，不知刻于何年，毁于何时也）。武肃之筑塘也，于射潮箭所止处，多立铁幢，以为测水之准则。幢制：首如杵，径七八寸。首出土三尺余，趾皆陷土中。其时塘犹未成，虑潮之荡幢，乃先以轮护其趾，而以贯幢干，且引维于塘上下之石楗。然后运巨石，盛以竹笼，又用日本人所献之椤木，植之作混柱以捍塘，于是塘始成。

钟毓龙《说杭州》

古代典籍中的钱王传说较多，因篇幅有限不一一摘录，现将未选录的部分篇目列于下：

《息士卒怨嗟》，宋陶岳《五代史补》卷五。

《钱王祖茔》，元盛如梓《庶斋老学丛谈》卷中上。

《吴越王再世索江山》，明周清源《西湖二集》。

《陌上花开，可缓缓归矣》，明田汝成《西湖游览志余》卷

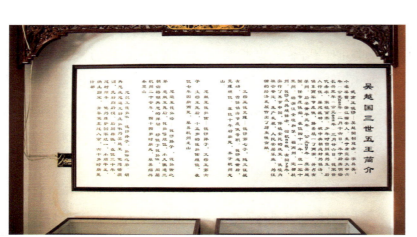

"吴越国三世五王"宣传展板

二十四。

《担盐山与拄杖泉》，明嘉靖《淳安县志》卷二"山"。

《十锦》，清宣统《临安县志》卷一"舆地志·古迹"。

《衣锦山》，清宣统《临安县志》卷一"舆地志·古迹"。

《衣锦将军木》，清宣统《临安县志》卷一"舆地志·古迹"。

《磨刀坑》，清宣统《临安县志》卷一"舆地志·古迹"。

《千人沟》，清宣统《临安县志》卷一"舆地志·古迹"。

《慈云岭上钱镠真迹石刻》，钟毓龙《说杭州》。

《立铁幢以为测水之标准》，钟毓龙《说杭州》。

[贰]临安民间的钱王传说

钱王传说在武肃王生前就已经在民间流传，钱王去世后，宋王朝对武肃王钱镠及后人册封有加,他们的历史地位进一步得到巩固,也增添了钱武肃王的神秘色彩,钱王传说在民间口耳相传中不断丰富和发展。尽管钱镠在历代帝王中并非特别引人注目,然而,在他的家乡,在他的身后,居然会有如此之多的民间传说广为流传,甚至在他去世后不久,即钱王传说初步形成阶段和渗透繁衍的第二阶段里,就有一些文人不约而同地将这些传说记载下来。宋元以后,各种笔记、小说、方志、话本中都记述着钱王的故事,在街坊乡野流传,声势颇大。这些典籍文本与口头传说互为呼应,彼此影响的情形,在历代帝王传说中并不多见。

(一)现代记载钱王传说的书籍

《中国民间故事集成·浙江卷》,中国民间文学集成办公室,浙江卷编辑委员会,1997年9月。

《浙江省民间文学集成·杭州故事卷》,浙江省民间文学集成办公室,1989年12月。

《临安县故事·歌谣·谚语卷》,临安市民间文学集成办公室,1989年4月。

《钱王传说》,吕洪年主编,胡月耕、王成飞、杨丹云副主编,成都科技大学出版社,1995年。

《钱王传说集成》,许林田、施爱东主编,中国文联出版社,2012年。

《吴越钱王》，吕春生、梅鹊主编，葛伟执笔，浙江摄影出版社，2004年。

《钱武肃王生平故事》，清平撰，临安市政协文史工作委员会，1991年5月。

《天目山地名故事》，临安县地名普查工作办公室编，1981年。

《钱镠与南北湖》，海盐县南北湖风景区，2002年。

《钱王春秋》，倪连德著，浙江古籍出版社，1988年。

《枝繁叶茂——钱王后裔名人录》，陶福贤主编。

《吴越钱氏——两浙第一世家》，邹小芃、邹身城、刘伟文著。

（二）与钱王传说相关的文艺作品

二十八集电视剧《吴越钱王》，张波编剧，胡明凯导演。

微电影《少年钱王》，蓝鸟影视。

民间舞蹈《临安水龙》。

舞蹈《钱王春色》。

工艺美术作品《钱王射潮》。

美术连环画《武肃钱王传》，潘庆平编文，郑玉堂、裘进、宋子良、何双潮、宋磊绘画。

绘画本《钱王故事》，黄贤权主编，卞初阳撰文，董连元绘画。

绘画本《钱氏家训解读》，黄贤权主编，潘庆平解读，董连元绘画。

（三）临安民间钱王传说选录

篮菱溪

篮菱溪，也叫"锦溪"，在衣锦城的南面。"篮菱溪"这个名字，据说与钱王有关。

唐朝末年，钱坞垄钱家生了一个男孩。小孩出生后脸青鼻高，头上长角，父亲钱宽认为是生了个妖怪，想把他扔到井中淹死。小孩的阿婆知道后，把他从井边夺了回来，留下了这个小男孩。

阿婆留下了他，但父亲还是不肯歇，硬是要把他扔掉。亲生儿子奈格好扔掉，这可急坏了阿婆，就日里夜里天天守着这个妖怪孙子。一天夜里，阿婆偷偷地用一只竹篮把小孩拎到一个奶妈家养了起来。送去的辰光，为了掩人耳目，阿婆还从屋后池塘里摘了一堆老菱，把这小孩盖起来。

后来，小孩长大成人，一举统一十三州，被封为吴越国国王，他就是临安人引以为豪的钱镠。因钱武肃王小时候是用竹篮拎到奶妈家的，因此，这个地方用"篮拎起"的谐音作地名，称为"篮菱溪"。

讲述者：郑阿根，八十二岁

搜集整理者：倪瑞龙

记录时间：1987年

石镜山

在钱武肃王故居附近，有一座很大的岩石山，山坡上有一块圆形石面，有蚕匾那么大，光滑锃亮，像一面大镜子，村里人便把这山叫"石镜山"。关于"石镜山"之名的由来，还有一个故事：

从前，石镜山脚有一棵四五个人合抱的大树，树冠遮阴几亩地面。钱武肃王小时候乳名叫婆留，他生得黑不溜秋，像个石墩头，七八岁就膂力过人，十多岁的人都敌不过。他专门同一班小朋友到大树底下来玩耍做游戏。别的小孩总是打打虎跳、竖竖蜻蜓，小婆留就不一般，他用青竹削弓箭，在大树底下摆好靶子练习射箭，有时做一支长矛练刺杀。

时间长了，小婆留也不满足于自个儿耍枪弄棒，他要想出新点子，玩得更加快乐有趣。这一天，小朋友都到齐了，他朝大家招招手："大家快过来！我们要玩就玩个痛快。从今以后，我做大王，你们做小兵，统统听我指挥！"小朋友却不买账，围拢来同他打架，结果一个个都被小婆留摔倒在地，吓得后面的人不敢上来。但是小朋友并没有被武力压服，心里老大不情愿。

小婆留见状，眉头一皱，计上心来。他指着那块四面光秃秃、滑溜溜的大石块说："上面就是王位，哪一个爬得上去，就是大王。"小朋友们想，比本领做大王，这还差不多。

争夺"王位"的比赛开始了。小朋友们一个个使出吃奶的劲，爬

石镜山

呀爬，爬得上气不接下气，却噼里啪啦滚下来，没有一个爬上去的。轮到小婆留了，他不是急着爬上去，而是不慌不忙前前后后走了一圈，最后顺着一棵大树往上爬，爬到树顶，刚好有个树丫伸到大石头上，小婆留看准位置，纵身一跳，像一只麻雀一样稳稳当当地落在"王位"石上。

大家都佩服小婆留智勇过人，当即说："愿听大王吩咐。"

从此以后，小婆留成了这群孩子的领袖，他肩背弓，腰插箭，手里握一支竹削长矛，站在大石头上面发号施令，指挥这班"童子军"布阵、操练、行军、交战，煞有介事。有些小孩为了讨好婆留，用竹篾、彩纸给他做了一顶"冲天冠"，有的从家里偷来被单之类，给他做了

钱王投军

一件"龙袍"，穿戴得倒真像个大王模样。在这帮小朋友的前呼后拥下，小婆留走到石镜面前照起来，左照右照，越照越得意，越照越觉得自己像个大王。有一天，小婆留不戴"冲天冠"，不穿"龙袍"，到石镜前一照，看到自己也是戴王冠、穿龙袍的大王，他委实觉得奇怪：难道将来我真的要做大王？

果然，到后来，钱婆留带领小时候训练过的年轻人，身经百战，统一了两浙，做了吴越国国王。

搜集整理者：郑南根、陈伟民

原载吕洪年主编《钱王传说》

钱镠太湖投龙简

投龙简是道教中的一种典仪。龙王有海龙王、湖龙王、洞龙王、塘龙王等。龙简是指人间帝王写给水府龙王的信，主要内容是求龙王保佑国泰民安、子孙旺盛。

钱镠不但信佛，而且笃信道教，他自称是"大道弟子"。古书上写着，有一年，钱镠在太湖边上举行过一次规模宏大的投龙简仪式。

钱镠曾遇异人传授奇门遁甲天书，懂得天地方位之术，所以亲自选定吴县洞庭乡东皋里为投龙简的佳地。他派人筑起一座高一丈二、方圆二十四丈的土坛。土坛的上层插二十八宿旗号；中层插六十四面黄旗，按六十四卦分八位而立；下层用一百二十八人手执旗幡围绕。坛前置八仙桌一张，前披大红桌帏，帏上画黑色蛟龙两条，桌面上置足斤大红蜡烛一对，烛间安放香炉一只。

钱镠投的龙简是用白银制成的，纸片样，上刻文字。这一天，他沐浴斋戒，于吉辰身披道袍，跣足散发，来到坛前。大小文武将官和众士兵约几万人齐聚土坛左右，加上赶来看热闹的周边百姓，人山人海、热闹非凡。三声号炮响过，钱镠焚香于炉，注水于盂，手捧龙简，高声朗读，场上鸦雀无声。简文一百八十余字，意思是祈求太湖龙王保佑钱氏家国兴隆、子孙繁盛。读罢，鼓乐骤起，在众将士动地山摇的呐喊声中，钱镠将龙简恭恭敬敬地投入太湖，投龙简仪式结束。谁知，七百余年后，吴县一带大旱，太湖干涸，有当地农民在龟裂的湖底捡到了当年钱镠投入的龙简，文字基本完好，纯重二十两。有人愿出四十两银子换龙简，没有换成，后被熔成一团白银。幸亏这之前有人从龙简上拓取了十多张拓片，龙简虽然被毁，简文却完好无缺地载入了史书。

讲述者：潘庆平，五十二岁，浙西大峡谷旅游景区总经理

采录者：曹林林，六十五岁，临安市乐平乡文化站退休干部

记录时间及地点：2007年8月25日于临安市文化馆

钱王穿小鞋

钱镠七十一岁建国封王，仗着吴越国土地肥沃，物产丰富，对朝廷的贡奉比别人多，就渐渐地有些居功自傲起来，又加上他生性刚直，所以对一般的朝官根本就不放在眼里。

朝中有一个叫安重诲的人，心术不正，为人阴险狡诈，狂妄自大，但权倾朝野，很多人对他奉承拍马。钱镠从心里看不起这个人，同他除了一些公务上的往来外，私下里并没有交往。每年年关吴越国给朝中官吏送礼品，安重诲也只得到普通的一份。安重诲对此非常恼火，总在心里盘算着整治钱镠，只是苦于一时找不到借口。

有一次，安重诲跟手下的韩玫串通起来，向皇上告了钱镠的黑状，让钱镠穿了小鞋。

年关将近，安重诲派了两个官员，一个叫乌昭遇，一个就是韩玫，到吴越国去采办贡品。韩玫是安重诲面前的大红人，而乌昭遇只

是个普通的小吏。一路上，韩玫就千方百计对乌昭遇施以责难，乌昭遇受尽凌辱。到了吴越国后，韩玫更是百般刁难。有一回乌昭遇喝醉了酒，韩玫就用马鞭拼命地抽他。钱镠不知是计，就为乌昭遇打抱不平，说要奏明皇上，告发韩玫。乌昭遇心地善良，劝止钱镠，说这种不体面的事捅出去有失朝廷体面，最好不要管。两人办完事回到京城后，韩玫就添油加醋地向安重诲打小报告，说乌昭遇对钱镠点头哈腰，有失朝廷尊严，还公开称钱镠为"陛下"。安重诲就此抓住把柄，向皇上告发，说钱、乌两人勾结，有犯上之罪。

皇上见是篡夺王位之罪，那还了得！他查都不查，就下了圣旨，削去钱镠的官爵和一切荣誉称号，让他来一个"以太师致仕"。

钱镠吃了个哑巴亏，当然很不服气，他让儿子元璀多次上表向朝廷申诉，但皇上总是置之不理。

一年之后，吏部郎中裴羽从海路到福州出差，遇到大风，船只被风吹到杭州，裴羽就在杭州逗留了几天，还特意去拜访了钱镠。在跟他相处的那些天里，裴羽详细了解了钱镠的为人，以及安重诲奏本的事实真相。回到京城后，他向朝廷陈述了实情。皇上这才知道是自己错怪了钱镠，就恢复了钱镠的一切荣誉和官爵。安重诲呢，当然是以诬告罪下了诏狱。

搜集整理者：潘庆平

原载吕洪年主编《钱王传说》

钟起与钱镠

　　钱镠年轻的时候就喜欢结交朋友,可有些朋友是酒肉朋友,整天吃吃喝喝,有时还要赌博。钱镠跟这些人在一起,也受了他们的影响,常常把贩盐赚来的钱输光。为了翻本,他只好借钱再赌。这样一来,他本来就很穷的家更穷了,愁得他老母哭天喊地,邻居们也都冷眼相看,说他没出息,瞧不起他。

　　钱镠有两个比较要好的朋友,是当时在临安县衙里当录事的钟起的儿子。钟起常常听到别人数落钱镠的劣迹,就有成见,很看不起他,禁止两个儿子跟钱镠厮混。

　　有一次,从豫章来了一个术士。他看到了郭璞写的一首诗:"天目山垂两乳长,龙飞凤舞到钱塘。海门一点巽峰起,五百年间出帝王。"郭璞认定五百年后天目山区会出一个帝王。这术士善辨风云气色,观察天上的云气好久,发现"王气"在临安一带。他就来到临安,要找找看到底哪一个人有帝王之相。

　　术士到处寻找当地的名士,去拜访他们,觉得这些人都没有做帝王的可能。有一天,术士拜访钟起,跟他喝酒聊天。外面进来了一个年轻人,他就是钱镠。钱镠是来找钟起的儿子的。钟起一见钱镠,脸上就露出厌恶之情,他觉得钱镠失了他的面子,连声说:"你给我出去!你给我出去!"钱镠是个血气方刚的年轻人,一听这话,掉头就走。谁知那术士却说:"慢!"

　　原来，钱镠一进门，术士就已注意上他了。钱镠正是他所要找的有帝王福分的人。他对钟起说："我找的正是他！"钟起不由得哈哈大笑："他？他是我们这里有名的无赖之徒，怎么会是未来的帝王呢？"术士却固执地说："我不会看错人的。"他把钱镠叫到面前，对他说："年轻人，你是个能成大器的人，有帝王的福分。可喜可贺啊！"把个钱镠弄得莫名其妙。钟起原先还不相信，觉得术士的话纯属无稽之谈，但他看术士那么认真，不由得也有几分相信了。

　　从那时起，钟起再也不阻拦自己的儿子跟钱镠交往。钱镠家贫买不起柴米，他也时常接济一些。当时，贩私盐的人常常要受到官府的追捕，钱镠是盐贩子的头领，是官府追捕的重点。钟起在县衙里工作，消息比较灵通，他常常给钱镠通风报信，使他好几次脱离了险境。

　　后来钱镠果真做了吴越王，他发迹不忘报恩，给钟起的两个儿子都封了官。

搜集整理者：潘庆平

原载吕洪年主编《钱王传说》

罗隐投钱王

　　唐朝末年，新登有个秀才叫罗隐，运气不好，他从二十七岁起参加科举考试，一直考到五十四岁，次次都是名落孙山。落魄回到家乡后，他想投靠钱镠门下做事。当时他已经五十五岁了，钱镠才三十三岁。他担心钱镠看不起他，就做了一首诗，与自荐书一起交到钱镠手上。诗里有这样两句："一个祢衡容不得，思量黄祖谩英雄。"罗隐在诗句里借用汉末三国时荆州黄祖不用名士祢衡，反而将他杀害的典故，提醒钱镠不要步黄祖后尘。钱镠当然懂得罗隐的用意，欣然提笔写道："仲宣远托刘荆州，都缘乱世；夫子辟为鲁司寇，只为故乡。"罗隐接到钱镠的回条，喜出望外。钱镠在字里行间把他比作王粲、孔子，使他受宠若惊。他非常感激钱镠的知遇之恩，下决心要为钱镠干一番事业。

罗隐续句

钱镠自从用了罗隐，如鱼得水，真有相见恨晚之感。先是让罗隐当钱塘县令，后又让他当司勋郎中、节度使判官，很多重要的文告都出自罗隐之手。

二十年后，罗隐年事已高，常常卧病在床。钱镠亲自去看望他，还在他病榻前的墙上题上这样两句话："黄河信有澄清日，后代应难继此才。"罗隐很感动，拖着病体，在钱镠题的诗句旁续写了两句："门外旌旗屯虎豹，壁间章句动风雷。"后来，罗隐还让人在诗壁上披罩红绸。

钱镠与罗隐之间的情谊被传为佳话，一直到现在还为人们津津乐道。

搜集整理者：潘庆平

原载吕洪年主编《钱王传说》

钱王哭马

五代时期，天下一直不安定。钱镠做了吴越王以后，奉行"保境息民"的政策，精心治理吴越小国，尽量避免跟别国发生战乱纷争。但事不遂人愿，有一个贪得无厌的家伙，名叫杨行密，常常挑起事端，侵犯吴越国。

杨行密原是农民起义军领袖，起义军被镇压后，他被俘当了潮州兵。此人精于奉承拍马，所以升迁很快。不久他就接替孙儒的位置，当上了淮南节度使，军治在广陵（今扬州），统辖淮南江东三十余州。

杨行密老是不满足，他一心想把两浙的十四州归在自己名下，常常找借口骚扰吴越边境。有一次，两军在无锡交战，淮南军兵强马壮，来势凶猛。吴越军却轻敌大意，败得很惨。主将何逢不幸丧身战场。

当何逢的坐骑枣红马被牵回杭州时，钱镠痛心疾首，想到何逢一向忠诚英勇，今日因为自己一时疏忽大意，白白地牺牲了他的生命，他越想越难受，不禁扑在马背上失声恸哭起来。旁边的将士见钱王哭得这么伤心，都被他的真情所感动。将士们跪在钱镠面前发誓道："请大王节哀！我们将竭力为何帅报仇！"喊声惊天动地。将士们群情激愤，都恨不得马上重赴沙场，与淮南军拼个你死我活。

钱镠与将士上下齐心，决意复仇的消息传到了淮南。淮南主将徐温大惊失色，他知道这一次吴越军队锐不可当，淮南军取胜的希望实在渺茫，马上派人向钱镠求和。钱镠当即高兴地答应了，吴越国和淮南军从此相安无事，这种状况一直持续了二十多年。

搜集整理者：潘庆平

原载吕洪年主编《钱王传说》

钱镠进贡献孔雀

五代十国时期，天下藩镇割据，是一个动乱的年代。但吴越国国王钱镠始终奉行"善事中国"的政策,将中原后梁、后唐的所谓中央政权奉为正统,并年年进贡地方特产及金、银、丝绸等物品,以此孝敬朝廷,求得中原朝廷对自己的承认、支持和封赏。

钱镠进贡中原朝廷的礼物,依照节俭的原则,深受当时中原朝廷的赞赏。在后唐庄宗同光二年(924年),钱镠进贡后唐庄宗的礼品是绯绫(桃红色的绸绫)、藤纸(猕猴桃藤打浆制成的纸)、木瓜(可浸酒祛风的药材)、黄岩蜜橘及生姜、干姜、秘色窑瓷器、东天目茶叶、西天目笋干等,全是当地土货。而福建节度使王审知进贡的是金、银、象牙、犀牛角、珍珠、香药等名贵物品,淮南吴国主杨溥进贡的是金花、银器、锦丝、御衣宝带,都是贵重礼物。

说也奇怪,尽管钱镠进贡的是当地土货,但很受后唐庄宗的欢喜,因为这些礼品实用,并健身祛病,日常生活少不了。

最奇怪是在后唐庄宗同光三年(925年)五月,钱镠派大臣护送雌、雄两只孔雀作为贡品献给庄宗。这两只孔雀是猎人在浙南山区捕捉到的。雌孔雀羽毛丰满,玲珑可爱,欢叫起来好似吟唱,声音如银铃般清脆。而雄孔雀壮健有力,独步傲视,欢乐开屏时,好像打开七彩大扇,绚丽多姿,美不胜收。一雌一雄两只孔雀,有时会双双翩翩起舞半个时辰,真是难得的灵物。

庄宗在勤政殿接见了吴越国国王钱镠派来的送礼大臣,送礼大臣将装在华丽的笼子里的两只孔雀呈献给皇上。庄宗听说孔雀会双双跳舞，非常高兴，就叫送礼大臣让孔雀跳舞，让满朝文武大臣高兴高兴。这位吴越国大臣吓出一身冷汗，因为要孔雀双双跳舞，不是一件容易的事，要看孔雀高兴不高兴才成呀。但庄宗已经开了金口，这事不做也得做了。这大臣也是聪明人，知道孔雀喜欢音乐，爱美，就与皇帝说，最好要有伴舞的音乐和舞女。一会儿，勤政殿上，美妙的音乐响起来，天仙般漂亮的舞女在一旁起舞。那两只孔雀听见美妙的乐曲，顿时兴奋起来，特别是那只雄孔雀，见到美女，竟也好像动了心，来回独步几圈后，就与雌孔雀双双翩翩起舞。不多时，雄孔雀张开尾屏，近一人高的彩屏五彩缤纷，引得庄宗与大臣们喝彩不断。

钱镠进呈给后唐庄宗的两只孔雀，成为最珍贵的贡品。

这年的八月中秋，后唐庄宗命吏部尚书李德休等到杭州吴越国王府，赐给钱镠黄金大印和玉册，以示嘉奖。

有人说，后唐这样信任钱镠，与这两只孔雀恐怕也有一定的关系呢。

讲述者：楼子昭

搜集整理者：胡月耕

记录时间：1970年2月25日

临安民间钱王传说很多，因篇幅有限，现将未选录的部分篇目列于下：

　　《打龙王》，搜集整理者：陈玮君，原载吕洪年主编《钱王传说》。

　　《钱王怒打海潮三扁担》，搜集整理者：钱平甫、曾幼林，原载吕洪年主编《钱王传说》。

　　《高沣作乱》，搜集整理者：潘庆平，原载许林田主编《钱王传说集成》。

　　《钱王梦中吓退强盗王》，讲述者：吴金荣；采录者：倪瑞龙。

　　《贯休傲骨拒钱王》，搜集整理者：蔡斌，原载吕洪年主编《钱王传说》。

　　《砻糠秕谷筑堤坝》，搜集整理者：程继荣、陈伟民，原载吕洪年主编《钱王传说》。

　　《三刀桥》，搜集整理者：陈掌林、朱金芳，原载吕洪年主编《钱王传说》。

　　《十龙九斩头》，搜集整理者：黄增华，原载吕洪年主编《钱王传说》。

　　《城隍山的来历》，搜集整理者：杨丹云，原载吕洪年主编《钱王传说》。

　　《俞长子封尚书》，搜集整理者：王成飞，原载吕洪年主编《钱王传说》。

　　《横畈豆腐干》，讲述者：王忠华；搜集整理者：倪瑞龙。

《钱童村》，讲述者：吴金荣；采录者：倪瑞龙。

《迎真洞》，搜集整理者：杨丹云，原载吕洪年主编《钱王传说》。

《戴娘娘种梨》，讲述者：郎国章；采录者：倪瑞龙。

《龙腾狮跃灯的来历》，讲述者：程行；采录者：曹林林。

《黄龙的故事》，讲述者：横街村黄龙舞龙队员；搜集整理者：倪瑞龙。

《"胡僧"赠"玉羊"》，讲述者：胡阿海；搜集整理者：胡月耕。

《纳土归宋钱弘俶》，讲述者：张德友（已故）；搜集整理者：胡月耕。

《钱王陵真假之谜》，搜集整理者：王建华。

《钱王与雷峰塔》，搜集整理者：王建华。

《保俶塔和六和塔》，搜集整理者：王建华。

[叁]其他地区的钱王传说

钱王传说以钱王故里临安为中心，主要流传于浙江杭州、绍兴、嘉兴、湖州、台州、宁波、金华、丽水及江苏苏州、扬州，上海市，安徽宣城，福建福州，并广泛流传于江西、河南、北京及我国台湾地区。美国、日本、韩国、朝鲜、新加坡等国家也有流传。

钱王传说源远流长，在他的家乡临安家喻户晓，妇孺皆知。凡是钱武肃王活动过的地方都有他的传说，钱氏后裔迁徙至天南地北，也将钱王传说传至其他地区。

观音向钱王借南北湖

观音菩萨嫌普陀嘈杂，要寻找一处安静的休闲之地，就派了善财童子去四海寻找。善财童子来到南北湖这个地方，按落云头一看，山清水秀，涛声阵阵，与普陀相仿，山上还有云岫庵，就选中了此地。一打听，这是海龙王的后花园。善财就回到普陀向观音做了汇报，观音一听，连声称好，还是龙王的地，同是仙界人，好商量，就叫善财去

钱王像

东海龙王那里借。善财来到水晶宫，走上龙王殿，龙王殷勤接待，说："上仙不知为何来访水府？"善财直截了当地说："向你借块地方，观音要作休息场所，在月半、三十去住住，其他辰光勿用。"海龙王一听观音要借地方，便问："不知看中哪个地方？"善财说："海盐南北湖。""南北湖？"龙王听了眉头一皱，想不起自己有这么一块地方，

就大叫一声："拿簿册来。"海龟丞相捧出了地籍册，从"南"字找到了"南北湖"，翻开一看，龙王眉头皱得更紧。善财还以为他不肯借，"怎么啦，不借吗？""上仙误会了，不是我不肯，你看。"他把地籍册捧过来，"这里原来是我的地方，前几年，出了个钱镠，住在杭州，伊指挥兵马在浙江沿海和苏南沿海一带修什么水利，在河道上做闸做堰，把我的后花园南北湖也霸占了。本来我的水族可以任意在江河中出入，现在不行了，提起他我就来气！""那为啥都说这南北湖是海龙王的，而不说是钱镠的？"龙王说："嗐！你一说我就更气。钱镠在余杭、海宁、海盐至太仓、武进一带的河上浦上筑了堰闸，不让淡水外流，也不让潮水倒灌，使那里旱涝保收，别人以为他真的管住了海，就叫他海龙王，还把南北湖称作他的后花园。不知情的还真以为他坐上了龙王的宝座呢。他是一个人，就凭这几下称海龙王，想与我平起平坐，你说我气不气。"

善财童子一听真不知如何是好，只得又回到普陀向观音汇报。观音一听，说："那也没有关系，当年筑余杭海塘时，我还帮他救过运石船，你去一说准行。"善财童子只得去余杭寻钱镠这个"海龙王"，以此表彰他为百姓办的好事。来到吴越国国王府第，善财童子也称钱镠为"海龙王"。说明来意后，钱镠一听，原来观音菩萨在打他后花园的主意。不借吧，不行；借吧，怕借了不还。就问："借多少时间还？"善财童子一听就来气，还未借就说还！他气呼呼地说："每个月借十五、三十两天。"钱镠见善财来了气，就解释说："这虽说是我的后花园，可是老百姓年年春天去游玩，把这地方一借掉，老百姓去不成，不是要骂我了吗？既然观音每月借两天，我当然借。你回去告诉观音，没问题。"

就这样，钱镠把后花园借给了观音菩萨，观音菩萨在每月十五、三十两天来云岫庵休息。

讲述者：杨康元，1956年生，男，大专，澉浦小学
搜集整理者：林天顺，男，1944年生，高中，浙江海盐沈荡人
流传地区：海盐县澉浦、六里一带
记录时间：2002年5月

二龙护舟取嵊州

钱王平定越州后，和众大臣商量，策划东征嵊州、台州、温州。大臣们一致认为首战是关键，东征首战嵊州。从越州到嵊州，当时有旱路、水路两条路可走。但旱路必须翻山越岭，途中又有多处嵊州兵把守。于是，大家一致决定走水路，沿着曹娥江而上。确定战斗方案后，出征前，钱王特地请了灵隐寺高僧挑选一个黄道吉日。高僧挑来挑去，好日子很多，但每个好日子里都有一个坎，只有到了九月才顺顺当当。但钱王等不及了，他选六月初六为大军出征日，图个"六六大顺"。

战船满载官兵沿着曹娥江向嵊州进发，行到余姚一个叫作"丈亭岭"的地方，晴朗的天空突然间乌云密布，狂风暴雨从天而降，顷刻间山洪暴发，曹娥江江水猛涨，巨浪一个接一个向战船扑来，战船无法前进，在江心直打转，眼看就要船毁人亡，全军覆没。钱王一面指挥大军稳船，一面直呼："天不助我也！"

就在钱王这一喊声中，两道金光从东海升起，到了曹娥江钱王船队上空，金光变成两条巨龙，落在船队左右。顿时，战船在江中四平八稳，雨过天晴，曹娥江面风平浪静。战船再次溯江而上，两条巨龙一直护送钱王大军到嵊州，然后升空向东海而去。钱王知道这是东海龙王相助，立刻吩咐所有战船焚香点烛参拜相送。

嵊州守将见钱王大军在暴风雨中突然到来，又见战船有神龙保佑，知道这是天意，马上打开城门投降，钱王兵不血刃占领了嵊州。

讲述者：姚秀金，七十六岁，浙江余姚人

搜集整理者：倪瑞龙

记录时间：1988年

钱镠与防风庙

唐朝末年，钱镠在家乡石镜镇镇将董昌部下当兵。后来当上了镇海节度使，又打败了董昌，称霸两浙十三州，被封为吴越国国王。

钱镠在军中当小官时，有一个朋友叫陆仁璋，建德人，钱镠很喜欢他，陆仁璋对钱镠也很忠诚。

有一年，他们的部队驻扎在武康县风山乡（即后来的二都乡）。一天，军中没事，二人漫步来到防风山上，这里有一座防风氏庙。庙很小，二人走了进去，看到高大威严的神像。钱镠突然想到要祈求防风氏保佑，他跪下合掌对着防风氏像，虔诚地拜了三拜，许愿说："请防风菩萨保佑我钱镠立功晋升，出人头地。如能如愿以偿，他年当大修神庙，常年祭祀，使你的威灵万古流芳，你的美名千秋不朽。"

说也奇怪，自此以后，钱镠便屡立战功，飞黄腾达，升到天下兵马都元帅，还被后梁太祖封为吴越国国王。陆仁璋也立有战功，加上与钱镠的关系，担任过二府军粮都监使、内牙指挥使、刺史等官职。

不料，就在钱镠被封为吴越国国王的那个春天，他突然病倒了，不能亲理政事。钱镠是个虔信神明的人，他想：我刚称王，就疾病缠身，大概是我没有在家乡祭祀祖宗神明，报答恩赐的缘故吧。于是，他放下

宝塔

公务，叫他的心腹陆仁璋跟随着，回到老家临安拜祖宗神明，祈求宽恕赐佑。但是，时已数月，病情仍没起色。

一天，陆仁璋在钱镠病榻边看到他久病不起，骨瘦如柴，不禁想起他们官卑人微时在防风庙里乞恩许愿的情景，便对钱镠说："我记得当年我们到过武康县的风山乡，对当地的防风菩萨许过愿，打那以后，你就平步青云。今天，你已称霸吴越，封了王，却没有履行你的许诺，是不是防风菩萨显灵，让你生病呢？"这一提，钱镠恍然大悟："是呀，我怎么把这事给忘了！当时我说过，如果我们能出人头地，称王称霸，要封他为灵德王，让他永享人间庙食。这样吧，你立即替我到风山乡去一下，一定要按王的级别重建防风氏庙。"

陆仁璋去风山乡以后，钱镠的病竟一天天好起来了。

再说陆仁璋奉命来到风山乡，立即调集能工巧匠，按钱镠的意愿重新设计，迁移庙址，新建殿堂、廊房和仪门，规模要比原来大二十多倍。正当准备就绪、打算开工的时候，钱镠病愈，他立即召回陆仁璋，询问筹建进度。当陆仁璋禀报当月就可动工时，钱镠很满意，同时嘱咐他，务必要在年底前完成。因此，陆仁璋又增添了工匠，从八月廿四动工，不到三个月，偌大一座防风庙就造好了。

钱镠见防风庙已经完工，便正式册立为"风山灵德王庙"，让当地县官每年八月廿五日设牲致祭；文武百官路过庙前，文官下轿，武官下马，以示崇敬。他还叫他的幕僚、著名文学家罗隐撰写了《新建风山灵德王庙记》，让石匠把《新建风山灵德王庙记》刻在一块大石碑上，并由一个大乌龟驮着，这就是有名的天下都元帅、吴越国国王钱镠赑屃碑，一千多年来，它一直竖立在二都防风氏庙仪门边，现收藏于德清县博物馆。

讲述者：欧阳习庸

原载《莫干山报》1995年3月18日

德清县非物质文化遗产保护中心余筱璐提供

钱王筑坝拦五泄

五代十国时期，吴越王钱镠曾亲临江南一带治水。

那时，五泄江像一条无所顾忌的蛟龙。年年梅雨季节和夏雨暴落时，五泄江水就陡然上涨，冲决堤岸，淹没两岸的农舍良田。百姓人家不得收获，而财主却照常催租逼债，逼得两岸百姓卖儿卖女，背井离乡，好不凄苦！

钱王对此早有耳闻。

一日，钱镠王来到了五泄江的出山口，只见夹岩对峙，高耸入云，像两个英武的守门将军。登高远眺，只见五泄江曲曲弯弯，水流汹涌，两岸田野一片荒芜，人烟稀少。钱镠王看看夹岩山，略一思忖，计上心来。

入夜，钱镠王从衣袖中取出一枚银针似的东西，念了一句咒语，

根据钱王传说改编的民间舞蹈"临安水龙"

只见那东西倏忽间变成一柄巨大无比的铁锹。钱镠王把它握在手上，纵身一跃，就站到了夹岩山顶。原来，钱镠王乃天神下凡。但见他暗用神力，转身从背后马剑金家山上挖下一块巨石，然后叠在夹岩前。不到一个时辰，那堵岩石已叠了几丈高了。

钱王叠石拦截五泄江的声音，惊醒了五泄寺中的泥菩萨。那菩萨想，如果钱镠王堵住五泄江的出口，江水倒灌，岂不淹了寺院，那真是自身难保了。

菩萨急中生智，偷偷爬到笠帽尖峰，两手拢在嘴边学鸡叫："喔喔喔——"

一声长啼，惹得方圆十里地的鸡都跟着啼了起来：

"喔喔喔————"

"喔喔喔————"

还在熟睡中的百姓人家听到鸡叫声，迷迷糊糊地以为天亮了，就赶快摸黑起床去田畈割草、捡牛粪狗粪。

钱王见农夫出门，怕自己的法术被凡人看到，泄露天机，把铁锹柄朝夹岩山石峰腰上一蹬，长叹一声，匆匆收场。

可惜钱王到底没有筑成这条坝。

如今，到五泄游览的人，还能看见当年钱王筑坝的遗迹。那条石坝，高数丈，从夹岩山左峰伸出，叠石层层，故名"叠石岩"。而马剑金家山上，有一像被铁锹挖过的凹陷处。当年钱王用铁锹柄蹬了一下的地方，就是现在的夹岩洞了。

搜集整理者：杨绍斌

原载吕洪年主编《钱王传说》

金书铁券

金书铁券，是古代皇帝颁给有功之臣的一种赐物，上刻立功事迹和奖赏待遇。分左右两片，左片授给功臣，右片藏于内府，有事时合拢作为凭证。

钱镠，字具美，浙江临安人。生于唐宣宗大中六年（852年），卒于后唐明宗长兴三年(932年)。出身农民，贩过盐，相传山里人挑担用铁头短柱就是他挑盐时改进创新的。此物一可用于中途歇息时撑担；二可斜垫于扁担，使两肩分担负重；三可当贴身武器。钱镠后来投军以戎马起家，平息两浙战乱后，保境安民，建杭城，疏浚西湖、鉴湖、太湖，筑海塘，使人民在安定的环境中从事生产。钱镠能保两浙百年昌盛，与他网罗人才，尊重人才，严格法纪，谨慎自律，节俭不忘本的治国方略和思想分不开。宋苏东坡曾在《表忠观碑记》中说："吴越地方千里，带甲十万铸山煮海，象犀珠玉之富甲于天下"，"其民至于老死不识兵革，四时嬉游，歌舞之声相闻，至于今不废，其有德于民甚厚"。至今在绍兴齐贤镇羊山石佛寺，仍尊奉钱镠为城隍菩萨。

唐昭宗乾宁二年(895年)四月封钱镠为彭城王；四年(897年)八月赐予镇海、镇东二军节度使钱镠铁券；天复二年(902年)进封越王；天祐元年(904年)进封吴王；龙德三年(923年)二月册封为吴越国国王。"钱镠金书铁券"以铁熔铸，上镂金字，其形如瓦，长52厘米，宽29.8厘米，厚0.4厘米，重132两，上楷书镂金凹字。券文在《吴越备史》中有记载，其中说，钱镠"拯於越于涂炭之上"，"保余杭成金汤之固"，所以"赐其金板"，"卿恕九死，子孙三死，或犯常刑，有司不得加责。承我信誓，往维钦哉"等等。令钱王后裔子孙引以为豪的是，赐予钱镠之金书铁券，可使钱氏子孙免死。

金券楼

据传铁券在宋代已是稀世之珍。因此，历代帝王曾五呈御览，皆
欲一睹为快。宋代太宗、仁宗、神宗，明代太祖、成祖，清代高宗都曾
鉴赏过铁券；陆游、刘基都为这件铁券写过跋；史籍上对此也多有记
载。铁券世代传袭逾千年，一直由钱氏后裔珍藏。元初和晚清曾两次
流失，均被赎回。其中清光绪三十年（1904年）长乐钱氏后裔获悉铁
券流转至嵊县（今嵊州），遂以公款四百金购得，由钱氏三房族长轮
流保管。抗日战争胜利后，由商会会长钱元瑞保管。1951年，经商议，

将钱镠金书铁券特送京城，无偿献给国家，现珍藏于北京中国历史博物馆，系国家级文物。据考证，中国历史上，皇帝赐臣的免死铁券并非绝无仅有，但均已不见踪影。而钱镠金书铁券是至今存世且保存完好的我国古代帝王赐臣铁券实物，弥足珍贵。

讲述者：钱仲文、徐智麟，嵊州市长乐镇退休干部

记录整理者：王浩先

原载《绍兴越王城》

钱镠与耶律阿保机

钱镠与耶律阿保机，一个是辽东契丹族的可汗，一个是江南吴越的霸主，真可谓英雄识英雄，英雄惜英雄。北方的契丹是吴越国最早远交近攻的北方政权。据《辽史》记载，从辽太祖天赞三年（924年）到太宗会同六年（943年），钱镠与辽之间遣使往来达十四次，其中吴越遣使十一次。

吴越版图

两国间进行礼节性拜访，互通情报，主要是朝贡贸易。吴越国的朝贡主要有犀角、珊瑚、宝器、瓷器、火油、香料、丝绸、药材、象牙等。契丹回赠的是皮革、马具、金银器、羊、马、铁质工具。钱镠同耶律阿保机建立良好关系，目的是远交近攻，争取北方盟友。915年滕彦休出使契丹，916年辽刚刚打下蔚、新、武等州，耶律阿保机让滕彦休参观，以显示辽的强大。钱镠让滕彦休将"猛火油，得之海南大食国，以铁筒发之，水沃其焰弥盛"这样的战场使用方法教给耶律阿保机，辽太祖当然高兴得不得了。钱镠真的希望契丹强大，能助他实现"四十州"的雄心壮志。

整理者：卞初阳

海内外的钱王传说十分难得，然而因异文较多，再加上本书篇幅有限，不得不忍痛割爱，现将未选录篇目列于下：

《钱武肃王》，讲述者：钱高樵，记录者：刘雅文，整理者：王浩先，原载2008年《嵊州市长乐镇"非遗"普查汇编》。

《五代银投筒》，记录者：刘侃，整理者：王浩先，原载《绍兴越王城》。

《磨刀石和洗马池》，讲述者：周乐训，搜集整理者：林天顺，2002年记录于浙江省海盐县澉浦镇。

《钱王喜得金扁担》，讲述者：杨康元，搜集整理者：林天顺，2002年记录于浙江省海盐县澉浦镇。

钱王陵圆州池

　　《钱王回家探亲》，讲述者：许懋汉，搜集整理者：林天顺，2006年记录于浙江省海盐县澉浦镇。

　　《钱大王搬山治水》，搜集整理者：吴桑梓，原载吕洪年主编《钱王传说》。

　　《兔石岭》，搜集整理者：吴桑梓，原载吕洪年主编《钱王传说》。

　　《杜公井》，搜集整理者：吕洪年，原载吕洪年主编《钱王传说》。

　　《钱武肃王画像与分水县令》，讲述者：钱祖安，记录者：曹林林，2010年记于桐庐县分水镇。

　　《长乐钱氏与〈钱氏家训〉》，讲述者：钱世欣，记录者：王浩先，原载2002年《嵊州市长乐镇"非遗"普查汇编》。

二、钱王传说代表性作品

钱王传说流传至今已有一千多年，其内容十分丰富，有钱王生平家世传说、钱王智勇过人传说、钱王建功立业传说、钱王除暴安良传说、钱王保境安民传说、钱王才艺出众传说、与钱王有关的地方风物传说、与钱王有关的人物类传说等八大类。

二、钱王传说代表性作品

钱王传说流传至今已有一千多年，其内容十分丰富，有钱王生平家世传说、钱王智勇过人传说、钱王建功立业传说、钱王除暴安良传说、钱王保境安民传说、钱王才艺出众传说、与钱王有关的地方风物传说、与钱王有关的人物类传说等八大类。其范围涵盖了钱王的福德、王业、治家、将佐、韬略、善政、礼士、崇信、创业、子孙绍续等方面。钱王传说内容相当宽泛，迄今已搜集到的主要传说故事有一百四十八篇。在这些传说中，可以看到钱镠一生的许多侧面，虽然它们没有展开广阔的历史背景和复杂的社会环境，对历史人物的展示不一定全面，有的讲法也不一定符合史实和科学，但从故事所摄取的历史片段看，仍然能感受到当时流动的历史主流，看到个性鲜明、血肉丰满的钱王形象，通过这些传说，真切地表达了人民群众的意志和愿望。

近年来，大量钱王传说被创作成戏曲、电视剧、电影作品，在民众中产生很大影响，又在一定程度上推动了钱王传说的传播和发展。

[壹]钱王生平家世传说

钱镠出生时貌丑声野，其父欲弃之，婆婆强留之。《钱婆留锁井》、《钱王出世》，为人津津乐道，生动形象。《钱镠贩盐》、《钱王卖酒》，道尽生活的艰辛。《董昌识才用钱镠》、《钱王泣谢父亲言》、《金书铁券》、《报恩坊》，讲述钱王"保大定功，建邦启土"，"处至尊之位，著不赏之功。必得其禄，必得其

贩盐谋生

寿，子孙保之，祠庙享之"。传说异象纷呈，有声有色。

钱婆留锁井

武肃王初生时，有异相，弃井中，婆奋留之，故乳名婆留。后以"镠"代"留"字。既封，置盔甲于井中，锁之，示不复用。地舍为功臣寺，今名"开化寺"。

清宣统《临安县志》卷一"舆地志·古迹"

董昌识才用钱镠

唐朝末年，官府腐败，各地农民纷纷起义。其中以黄巢为首的起义军人数最多，声势最大。他们从广东北上，一路势如破竹，很快

就打到了浙江。浙江的官军早就听说黄巢起义军骁勇善战，战斗力很强，怕势单力薄，抵挡不住，就四处张贴告示，招募乡兵。

当时钱镠年轻力壮，为了养家糊口，贩卖私盐。一日，在他贩卖私盐的途中，发现路边一处地方人山人海，挤进去一看，原来是招募乡兵。钱镠心想，大丈夫当报效国家，我这样贩私盐，有何出息！于是回家跟新婚的妻子一商量，第二天就去临安县石镜镇投了军。

临安县石镜镇的主将叫董昌，打仗虽然无能，但用人倒很有一套。招募乡兵的时候，他亲自坐镇。报名参军的人很多，把个报名台围了个水泄不通。董昌一看这么热闹的场面，心里不由得暗暗高兴。突然，他看到人群中一个身材魁伟、浓眉大眼、脸方鼻直的小伙子，不禁心中一喜，有心要重用他。他叫手下人把那小伙子唤到面前，问："你叫什么名字？"

"我叫钱镠，刚改的名，原来叫钱婆留。"

"什么地方人？"

"石镜山钱坞垄。"

"嗯，跟我是同乡。"董昌这下更高兴了。

"以前有没有练过功？"

"练过。我特别擅长长矛和硬弓。"

于是，钱镠就把自己小时候练武的事情一五一十地说给董昌听。

就在婆留十三岁那年，村里来了一群舞刀弄棒的卖艺人。婆留从小就很喜欢学习武艺，这一次对他来说真是难得的机会。他每天都看到最后散场，还上去问这问那，没几天就跟那些艺人混得很熟了。艺班里的人都很喜欢他，加上他聪明好学，他们就有

少年尚武

意无意地多教他几招功夫。尤其是班主，看到婆留身体健壮，一点就通，便特别关心，把长矛的舞法和硬弓的拉法都尽数教给他。时间过得很快，卖艺人得换地方了，小婆留只好挥泪跟他们告别。此后，他天天坚持舞矛拉弓，练就了刀枪不入、百步穿杨的好本领。

董昌听到这里，大叫一声："好！"随即叫人拿来长矛和硬弓，叫钱镠当众表演一番。

钱镠接过长矛和硬弓，双手抱拳，说声："献丑了！"便迅即舞将起来。长矛在他手里如游龙飞舞，疾风闪电。只见他罩在银光里，或挑刺，或抵拦，腾挪跳跃，叫人无法近身。围观的人群敛声屏气，看得如痴如醉。听得"杀"的一声，银光一闪，立马在场稳住。钱镠对人

群微微一笑，脸不改色心不跳。人群中叫好声久久不息。

董昌又命人在百米外立好箭靶。钱镠拿起三支利箭，不慌不忙地注视前方，端稳那张大弓，引弦待发。只听"嗖嗖嗖"三声，三支箭连中红心，全场欢声雷动。

董昌拈须大笑三声，当即说道："好身手！好身手！你先在我部当个偏将，以后如有立功表现，再得提升！望好自为之！"

钱镠连忙抱拳谢过。从此，他就在董昌手下当了偏将。后来，因为他骁勇善战，被董昌连连提拔，成为他的得力助手。

搜集整理者：杨丹云

原载吕洪年主编《钱王传说》

钱王泣谢父亲言

钱镠的父亲名叫钱宽，娶水丘氏为妻。那钱宽家住临安县城南边大官山下紧傍锦溪的钱坞垄，是个老实巴交的农民，但他幼时念过几天书，聪慧知理。

钱镠投奔董昌，剿击黄巢，南征北战，屡建奇功，被朝廷册封为吴越国国王，也算是功成名就了。

有一年春天，大官山上映山红开时，钱镠为劝农桑修水利，随带几个亲信，到临安锦城一带微服私访。他在苕溪沿线察访后，命手下人在苕溪上筑坝拦堰，可灌溉三丁畈、横潭畈一带数千亩农田，发展农桑，种植水稻，利国利民。

这天巡访之余，钱镠乘机到钱坞弄的家中看看。

钱镠踏上家乡的小路，正值春天，路边的野花在艳阳下摇曳，镜山顶的松树抚摸蓝天，锦

父亲教诲

溪里的小鱼清晰可见，钱镠呼吸着家乡清新的空气，心情格外舒畅。

钱镠的父亲钱宽，这时正背着鱼网想到锦溪里网鱼，远远见有两个人往家中走来，定睛一看，个子高大的是自己的儿子钱婆留，另一个矮小点的可能是他的随从。他想躲避已来不及了，只得放下渔网，退进屋里等候。

钱镠进屋，亲热地叫了一声："父亲大人！"钱宽应了一声："哟，婆留，你回来啦！"婆留是钱镠儿时的小名。随后奉茶给钱镠，并补了一句："你母亲到西墅堂娘舅家去了！""哦，好的！"

随后，父子两人寒暄一番。钱镠见父亲仍旧辛劳度日，就叫随从摸出一块金锭奉上，说："父亲，儿子不孝，这点意思请您老收下。"哪知钱宽是个耿直的硬汉，对儿子奉送的金锭坚持不收，说家里如

成就王业

钱王建牙城

今吃足穿够,要这物事何用。钱镠见父亲一定不要,也没有办法。

这时,钱宽叫钱镠坐下,郑重其事地对他说:"婆留啊,你难得回家,今日我们父子俩好好谈谈心。"钱镠说:"尊听父亲教诲!"钱宽语重心长地说:"婆留啊,我们家世世代代以种田打鱼为生,辛劳度日,平安过活。你今日拥有一十三州,贵为人主。但你三面受敌,与人争土争利,总有一天灾祸会降临。我原想避让,不想见你。因为你若一时把握不住,干出无良之事,会祸及吾家。"

钱镠听了父亲钱宽一番话,内心触动很大。父亲不愿见儿子,是教儿要居安思危,尽忠报国,保境安民。于是,钱镠流着泪着说:"父亲啊,你的良言,孩儿一定铭记在心!"

果然，后来钱镠及三世五王，甚至千年之后的子子孙孙，都谨慎小心，居安思危，始终保持好家业、好家风。

钱宽逝世后，与水丘氏归葬西墅明堂山，并被封为"忠胜王"。此处现在也被列为全国重点文物保护单位了。

讲述者：楼子昭

搜集整理者：胡月耕

搜集时间：1970年3月18日

钱王生平和家世是钱王传说的热门话题，因本书篇幅有限，现将未选录的部分篇目列于下：

《钱王出世》，搜集整理者：华惠清、陈伟民，原载吕洪年主编《钱王传说》。

《金书铁券》，搜集整理者：杨丹云，原载吕洪年主编《钱王传说》。

《报恩坊》，搜集整理者：杨丹云，原载吕洪年主编《钱王传说》。

《钱王贩盐》，搜集整理者：钱先有，原载吕洪年主编《钱王传说》。

[贰]钱王智勇过人传说

钱王聪明勇敢，倜傥大度，机谋深远。在建立吴越国的过程中，他"以寡敌众，背水囊沙，说礼乐而敦诗书，击东南而西北，取薛明如摧朽，败徐约若建瓴，临变生机，图难于易"。钱王智勇过人传说跌宕起伏，引人入胜。

钱王力斩黄鳝精

据传钱武肃王一生下来，他父亲就说："不对，不对！这不是一个人，是个妖怪。"大家闻声围拢来一看，只见小孩的面孔像个化装过的大花脸。这般相貌，说不定是一颗灾星投胎。他阿爸总觉得不踏实，心想还是早些扔掉好。于是趁天未大亮，就把小钱王抱起，急匆匆直奔东门外宝塔山而去。小钱王的奶奶看他爹要将他扔掉，心里非常难过，这毕竟是钱家骨肉啊！于是急忙拎了一只篮子，追上小钱王他爹，带着恳求的口气说："自己生的骨肉，总归是心疼的。你把他放在篮子里，如有人拾去也好让他留一条活路。"小钱王的爹也是人，哪会不心疼自己的儿子呢！他来到宝塔山下的一口井旁，看看左右无人，就把小钱王放下。这时远处走来一个中年妇女，小钱王的爹急忙躲在一边。那妇女走到井边，正想弯腰打水，突然看见有只竹篮子，篮上盖着的花布在动弹。掀开布一看，是个花脸婴孩。心想，这一定是人家丢掉的。再想想自己，活了大半辈子，也无一女半子。这孩子虽然长相难看，总比自己养不出来强。想到这里，她便高高兴兴地抱起小钱王，兴冲冲地回家了。后来，人们称这个井为"婆留井"。

一晃八九年过去了。小钱王在养母家中很受宠爱，但因家里太穷，日子过不下去，小钱王常常吵着要去财主家打工赚钱。养母拗不过他，只得让他先去附近的陈员外家放鸭子。

一天，小钱王将一群鸭子赶到水草茂盛的池塘边，就去找几个小朋友玩耍了。傍晚，他将鸭赶回家，一点数，少了一只。陈员外是个吝啬鬼，听说少了一只鸭子，气得抓过门边的赶鸭竹竿，把个小钱王狠狠地打了一顿。晚上小钱王痛得睡不着觉，他总觉得鸭子在哪处草丛里躲着。第二天，他仍到那个池塘边放鸭。他一边割嫩草，一边看着池塘里水面上的动静。约莫过了半个时辰，忽然听得"哗啦啦"一声，只见一大片鸭子拼命向池塘岸边逃窜，池塘中央出现一个漩涡，越旋越深，越旋越大。这个蹊跷的现象告诉小钱王：池塘里一定有什么东西在作怪。他把鸭子赶上来一数，奇怪！又少了一只。钱王略一思考，就用草刀在池塘低洼处挖呀挖，不一会儿，挖出一个大口子，塘里的水哗哗地往外流，不到一个钟头，塘底的泥露了出来。原来整个塘像一口锅，中间烂泥里不断地有气泡冒上来。小钱王又用手挖开周围的污泥，啊哟，一个像小水桶那么大的黄鳝头正在蠕动，再一看，大黄鳝的嘴角上还留着鸭毛呢。"好哇，原来是你作的案，害我吃了一顿赶鸭棒。"小钱王真是初生牛犊不怕虎，他抢起草刀，噼里啪啦地朝大黄鳝砍去。刹那间，一股血腥味往上涌，黄鳝精头粘塘泥，身在洞中，还没等它使出威力，已被小钱王活活砍死。他即刻去叫来几个小伙伴，取来绳子把黄鳝精拖上岸。大家费了九牛二虎之力，好不容易把它拉到岸上。哟！这黄鳝精水桶般粗，一丈多长，几百斤重。据说小钱王因为吃过它的肉，喝过它的血，后来变得力大无比，在与恶霸的斗争中，他总是胜利者。

搜集整理者：王根伟

原载吕洪年主编《钱王传说》

十分本事挑私盐

"一分本事一分钱，十分本事挑私盐。"这是浙江一带流传的一句俗语，据说它的出处与钱镠有关。

相传钱镠在未发迹时，是以贩卖私盐为业的。那时候，盐税蛮重，一担盐要缴纳半担盐价的税，缴了盐税，赚不到铜钿了，所以挑盐者都设法逃税，称为"贩私盐"。

有一天，钱镠挑了一担盐，被盐兵拦住了，要他缴税。钱镠说："好说！好说！"他一边说，一边放下盐担，见路旁有个捣米的石臼，上前用脚一踢，石臼底朝了天，他就势坐下，解开冷饭包，津津有味地吃起来。管盐税的人惊呆了，也说了句："好说！好说！"走远啦。

第三天，钱镠挑着盐担，又碰上了这个盐兵，对钱镠说："只要你担子不歇下，可不缴税。"话音刚落，和钱镠一起挑盐的伙伴，都把盐担压在钱镠的肩上，足足有一千多斤。盐兵一看，伸伸舌头又走开啦！

贩盐

　　又过了三天,钱镠挑着盐担,又遇上了这个盐兵。盐兵心想:上两次都被他逃了税,这次非要难倒这小子不可。他指着前面一座桥说:"你今天不从桥上走,从溪里过去才算你有本事。"钱镠挑着盐担,涉水过溪。

　　到了对岸,钱镠的鞋子底都不湿,又免了税。

　　从此以后,钱镠挑盐就不缴税了。"一分本事一分钱,十分本事挑私盐"这句俗语就这样传开了。

　　　　　　　　　　　　　　　　搜集整理者:黄世泽

　　　　　　　　　　　　　　原载吕洪年主编《钱王传说》

收服杨藩

唐朝末年，天下大乱，临安董昌建立土团帮助朝廷平定叛军有功，被封为石将军。为了招兵买马扩大势力，董昌请来相士，为其搜罗人才。相士见到了贩私盐的钱镠，马上对董昌说："君之贵，因此人。"于是董昌招募了钱镠并重用了他。

钱镠骁勇过人，使箭可以百步穿杨，用矛又有独家本领。董昌有了钱镠果然如虎添翼，势力不断扩大。

当时，浙江处于一片混乱之中，一位姓刘的将军占据浙东一带，而且有野心扩展自己的势力。董昌对钱镠说："如果你能除掉姓刘的，我将杭州分给你管辖。"钱镠欣然答应，带兵前往。

当时，天下乱纷纷，稍微有一点实力的人都可以占地为王。话说钱塘江南岸有个杨藩，他身材魁伟，武力超群，占着越州地面。当听说钱镠带兵过了钱塘江时，他大吃一惊。因为他早就听说钱镠不但神力非同凡人，手下的兵将也都是当年与他一起贩私盐的硬汉，个个有一身本领。想想自己占领越州也不容易，今日遇上这么个强手，不拼也得硬拼。但怎么个拼法呢？杨藩正在苦思冥想，钱镠派人下了文书，说是要"比武见高低，论功分宾主"。

读了文书，杨藩心里嘀咕开了，这个钱镠完全可以趁我不备大打出手，为何来个先礼后兵？如今天下大乱，强者为王，越州地面虽小，但土地肥沃，物产丰富，是块诱人的肥肉，北边的刘将军早已虎

首战立功

视眈眈，凭着自己这点实力怕难以支撑，如果能投靠上一位既能又贤的主子，也不是坏事。想到此，他马上回复文书，随即清理校场，以礼相待。

　　校场上，军旗飘扬，战鼓齐鸣。杨藩的兵马虽然不多，但训练有素，威武整齐。钱镠一看，心中欢喜。为啥？因为钱镠虽一介武夫，但极有城府，怪不得相士说他是贵人贵相。他早已打听到杨藩还没有归属，所以今日先礼后兵，倘若能校场比武收服杨藩，自己不但不损一兵一将，而且还可以多个帮手。今日一见杨藩阵容，深感自己此举极为明智，故而欢喜。为了让杨藩知道自己的厉害，一进校场，他就让手下兵士骑在马上，手执点燃的香绕场奔跑。他往中间一站，挽起了弓箭，"嗖嗖"几声，只见箭到香断，一支不差，当士兵们手拿着断香策马列阵时，杨藩早已对钱镠行了大礼，连声说："佩服，佩服！"

　　杨藩能占地为王，当然也不是等闲之辈，他知道矛与箭是钱镠的看家本领，自己无法比，就取出两把大刀，在校场上挥舞起来。只见白光闪闪，寒风嗖嗖，有刀光而无人影，钱镠也由衷地佩服。那杨藩收刀以后，脸不改色心不跳，稳步走到钱镠身边。钱镠手一招，士兵很快列出一个队伍，在号令中变出各种阵形。杨藩从未见过什么阵法，钱镠就在一边讲解，那副诚恳的样子像一位师长在对他进行教诲和指导。杨藩已完全服了眼前这位大将，没等列队的兵士散去，他就吩咐手下摆开宴席。

降服杨藩

　　上了酒宴还有什么话不能讲的，特别是一个有心降，一个有心收，一拍即合。当然，越州地盘仍归杨藩掌管，只是归属钱镠。后来杨藩果然成为钱镠的得力臂膀，帮助他除了刘将军，得了杭州以及钱塘江以南的属地，为称霸吴越奠定了基础。

搜集整理者：吴桑梓

原载吕洪年主编《钱王传说》

撒沙成路取明州

宁波历史上称"明州"。唐朝后期，藩镇割据，明州由李汉宏、李汉宥兄弟统治。杭州刺史董昌有意占领明州，派钱镠领兵攻打。钱镠大军一路势如破竹，很快占领了越州及明州的部分地区。李氏兄弟只得渡海退守定海，招兵买马，打造战船，积蓄力量，准备伺机反攻。

钱镠几次组织进攻定海，但都因缺战船，海峡难渡而失利，钱镠想收复定海也只能望洋兴叹，不由得焦虑万分。

一天，他突然想到，为李氏兄弟打造战船的首领曾是他在盐官读书时的好友，就心生一计，派一心腹之人带自己亲笔密信一封，偷渡过海，前去策反。

这个同窗好友虽在李氏兄弟手下为将，但对李氏兄弟残暴成性，虐待手下的行为极为不满，早有与李氏兄弟分道扬镳之心。今见昔日同窗好友钱镠前来策反，大喜过望，两下里一拍即合。为防李氏兄弟察觉，双方约定，四月十六那天晚上，海涨大潮，天有大雾，他悄悄地将战船全部驶入镇海，协助钱镠一举攻下定海。

　　四月十六这一天，夜幕降临，海上果然大雾弥漫，海潮滚滚。钱镠把兵马集中到镇海码头，万事俱备，只等好友战船一到，立刻登船出征。谁知事与愿违，好友战船左等不到，右等不至，急得钱镠像热锅上的蚂蚁，以为好友临阵变卦。就在这时，在海上侦察的快船前来报告，说战船因海上雾大迷失方向，已驶出一百余里之外，现正掉头赶回来。

　　钱镠一算时间，如等船队赶到，足足需要三个时辰，那时天已放亮，大潮退去，定海易守难攻，很难奏效。急得他直跺脚，一把抓起海滩上的沙子向大海撒去。谁知翻滚的海浪居然平静下来，水面上冒出一条由沙子堆起来的路，一直通向定海。钱王一见，大喜过望，一声："天助我也！"急令兵马登陆直攻定海。钱镠大军悄然无声地走在沙路上，有大雾的掩护，李氏兄弟毫无察觉。等到他们发现时，钱镠兵马已经攻到城下。这时的李氏兄弟还心存侥幸，想着只要船厂兵马前来救援，内外夹击钱镠，定海仍然可保。谁知船厂兵马到了后，不但不救援他们，还与钱镠兵马合在一起攻城。李氏兄弟一看，知道大势已去，只得弃城仓皇而逃。钱镠不伤一兵一卒，顺利收复定海，明州全境都成了他的地盘。

讲述者：许瑞峰，宁波市定海区环卫处办公室干部

搜集整理者：倪瑞龙

记录时间：2004年

因丛书篇幅有限,下列篇目仅提供篇名:

《功臣山与将军树》,搜集整理者:潘庆平、曹林林,原载吕洪年主编《钱王传说》。

《大难不死》,采录者:胡月耕,原载吕洪年主编《钱王传说》。

[叁]钱王建功立业传说

钱王"仗顺讨逆,躬临矢石;手运戈矛,一呼而瓦振长平,屡战而尸填滩水"。"洗兵海岛,振旅江城,戈船蔽于长洲,戎辂盈于槜李,盛气而风云际会,援桴而山岳动摇,以此摧敌,何敌不克,以此守土,何土不兴"。

智退黄巢兵

钱镠在临安做了石镜镇的偏将。有一日,黄巢起义军的部将率兵进犯临安。被当地人称为"饭桶"的石镜镇守将董昌正好拿起卷宗在办公,一个哨兵慌里慌张地边喊边跑:"来哉,来哉!"董昌一吓,卷宗失手落到地上,他一掀桌布就钻到桌底下,还不时地撩起布角往外头看。钱镠穿着盔甲大踏步地走进来,董昌一看是他,才从桌底钻出来,捡起卷宗,掸掸衣裳,假装镇静地说:"具美,兵打过来了,你看该派啥人去退兵?"钱镠拍拍胸脯:"我去!"于是,钱镠就带着二十几个人出发了。

临安城与青山镇交界的地方有个百家岭,也叫"苦竹岭",因这

智退黄巢兵

个地方只有百来户人家，经常有野兽出没，少有人来往，是起义军进犯临安的必经之地。此地又叫"八百里"，相传寓居这里的彭祖活了八百岁而得名。钱镠想想二十几个人肯定打不过一大帮起义军，就叫来一个胆子大的亲兵，换上老百姓的衣裳，到八百里前头的小山坡窑洞里去量煤灰，还教给他几句话，钱镠自己带兵驻扎在八百里路两旁的山坡上，插好旗子，放好鼓。

过了一会儿，黄巢兵过来了。走到小山坡处，发觉路越走越陡，越走越窄，起义军的小头目正好看到挑着煤灰担的"老乡"从窑洞里出来，就拦牢他，问："小兄弟. 借问一声，前头有没有兵马？"

"老乡"回答："我听人家讲，临安守将'屯兵八百里'。"

小头目一惊，心里思忖：哪里会有这么多的兵呢？连忙问："那么到临安还有多少路呢？"

"老乡"讲："到临安，前头要过小小五里桥，大大一长桥，滑里滑踏丝瓜桥，弯来弯去木梳弄，再过穿来穿去棋盘地。""老乡"说完就挑着煤灰担走了。

小头目待在那里，愣了半日才回过神来，心想：怎么会有这么难走的路啊！弄不好要出人命的，说不定还没到临安人就死光哉。但他想想又不相信，就派一个兵到前头去探路。

钱镠早已料到这一招，就率众拔起旗帜一起摇动，喊杀声、敲鼓声在山谷回荡，这个阵势就像有千军万马杀过来一样。起义军"前头兵"掉头就逃，"后头兵"看见"前头兵"退回来，也马上跑了，一时间，自家人踏自家人，起义军死伤无数，从此不敢进犯临安，临安百姓也就免了一场战祸。

搜集整理者：毛曙君

原载吕洪年主编《钱王传说》

功臣堂

相传当年在吴越国国王钱镠府署的西面约一里地处有一座功臣堂，建于唐天祐二年（905年），是钱王为了嘉奖他的部臣勤勉忠义而建的。

当时，吴越国在钱镠的精心治理和部臣的忠心辅助下，基本稳定下来，粮源丰足，百姓安居乐业，军队兵强马壮。钱镠常常巡视四方，看到这种富庶安宁的景象，觉得十分满意。为了使臣下更好地为自己效力，他就萌发了建一座功臣堂的念头。

　　有一次，钱镠召集群臣在思政堂议事，等把所有的大事都商量完了以后，他说："请稍留片刻，我还有一事想跟诸位商量。吴越国能有今天这番气象，全仗在座诸位的鼎力相助，我对此深表谢意。当年太宗皇帝建凌烟阁，绘功臣图于其中，对有功之臣大力褒奖。我今日意欲效之，建一座功臣堂，把诸位的名字列于其上，不知诸位意下如何？"

　　能让自己名垂青史，哪有不乐意的，大家连声称好。钱镠见众人兴致很高，感到很满意。他说："既然各位没有异议，这事就算定下了。至于建在何处，等我跟阴阳先生商议了再定。"

　　后来堂址选在离王府不远的凤凰山麓，那地方环境幽雅，青山绿水，正是建堂的理想所在。钱镠关照要用最好的材料，做工要精细，整座建筑要庄严、典雅。他还亲自书写"功臣堂"三字，龙飞凤舞，气势非凡。楹联上则刻着"功在两浙，雅望长存奕世；名旌西府，高风永著千秋"。

　　堂的正中是一块巨型的大理石碑，碑的正面刻着杜建徽、顾全武等五百名功臣的名字，背面则是贯休和尚写的贺诗。

　　功臣堂气势宏大，回廊翘檐，既玲珑雅致，又庄严肃穆。周围群山环抱，涛声阵阵，仿佛在述说着这些功臣的不朽功业。

搜集整理者：杨丹云

原载吕洪年主编《钱王传说》

钱王射潮

钱塘江的潮水向来很大，不但潮头高，而且来势凶猛，因此两岸的堤坝总是这边刚修好，那边又被冲坍了。

钱镠做了吴越王后，准备好好整修一下钱塘江两岸的堤坝。他把手下人叫来，让他们限期修复。手下人没办法，只得说出实情："大王，这江堤恐怕是修不好了。因为江里面的那个潮神存心在跟我们作对，等我们把江堤修得差不多的时候，他就兴风作浪，鼓起潮头，把江堤冲坍了。"

钱王一听，气得火冒三丈高，厉声喝道："呔！你们这些没用的东西，为何不把那个潮神宰了？"

手下人慌忙说道："大王息怒！这事实在是怨不得我们。他是潮神，平常跟海龙王深居在龙宫里，我们找不到他。等他出来的时候，他整个身体都浸没在潮水里。浪头很高，潮水又很急，我们根本没办法抓到他。"

钱王大怒，大声吼道："呸！我岂能容

钱王射潮

得这个小小的潮神胡作非为？"他心生一计，说："八月十八这一天，给我派一万名弓箭手到江边，我倒要去见识见识这个潮神！"

你道钱王为啥选在八月十八这一天？原来这天是潮神的生日，潮神总是骑着白马，跑在潮头上面。

八月十八到了，江边临时搭起了大王台。钱王一早就站在台上，等待潮神的到来。他手下的那一万名弓箭手却迟迟未到齐，钱王忙问缘故。

将官慌忙解释道："大王，弓箭手到江边须得经过宝石山，那地方山路狭窄，只容一人通过，故来得迟了。"

钱王一听急了，立刻跳上千里驹，飞也似的赶到宝石山。他跑到山顶朝四下一望，只见山的南面有一条裂缝。他把两只脚踩在那裂缝处，用力一蹬。哈！这山竟给他蹬出一条宽宽的道路来。将士们见了，不由得齐声喝彩。没多久，全部弓箭手都顺利地通过了。从此，这个地方就叫"蹬开岭"，钱王的一双大脚印子，至今还深深地印在石壁上面哩。

钱王飞快地骑着马巡视了一番，那一万名弓箭手迅速地排好阵势。沿江的百姓，受尽了潮水灾害，听说钱王射潮神，无不拍手称快。他们也纷纷赶到江边呐喊助威，声势浩大。钱王一见这种声势，高兴万分，当即拿来纸笔写了两句诗："为报潮神并水府，堤塘且借与钱城。"

他把诗丢入水中，叫道："潮神听了！你若答应此事，就不要再发潮水了！如若不然，休怪我手下无情！"

可是潮神很不以为然，不一会儿就出发了。只见一条白线远远地卷来，越来越快，越来越猛，直朝大王台冲来。钱王大吼一声："放箭！"话音刚落，他率先发了一箭。

顿时，岸上万箭齐发，直逼得那潮头不敢再往岸边冲击过来。钱王又下令："追射！"那潮头只好弯弯曲曲地向西南逃去，最后消失得无影无踪。直到今天，潮水一到六和塔边就小得多了，而在六和塔前面，江水弯弯曲曲地向前流去，像个"之"字，因此人们就管这个地方叫"之江"。

自那以后，江堤才得以造成。百姓们为了纪念钱王这次射潮的功绩，就把江边的堤坝叫作"钱塘"。

搜集整理者：陈玮君

原载吕洪年主编《钱王传说》

因本书篇幅有限，现将未选录篇目列于下：

《伏兵八百里》，搜集整理者：李茂根、陈伟民，原载吕洪年主编《钱王传说》。

《钱王镇蛟》，讲述者：张德友（已故），搜集整理者：胡月耕，记录于1973年。

《怒凿"罗刹石"》，讲述者：胡炳法（已故），搜集整理者：胡月耕，记录于1980年。

[肆]钱王除暴安良传说

钱镠好勇任侠，以解仇罢怨为事。《钱婆留除淫僧》、《钱婆留怒杀淫和尚》、《钱镠荡平强盗山》、《钱王安吉平盗匪》、《钱塘霸迹》完整地讲述了钱王"为国平凶，与民定乱"的英雄故事，他"平定四凶"，方澄两浙之波澜，扫尽十三州之妖氛，将军民从水火中救出，使吴越安泰，百姓乐业。这样的传说，占钱王传说的三分之一篇幅，是百姓们最为津津乐道的。

钱婆留除淫僧

钱婆留射杀黄鳝精，吃了黄鳝肉后，长得身高力大，请他做活的东家生怕日后生事，把他辞退了。婆留无事可做，成天闲逛，便常常邀集小伙伴到山上玩操练兵马、对阵厮杀的游戏。

婆留的生母水丘氏知道亲生儿子长大了，成了小闲汉，便含泪求丈夫把他找回来。第二天，钱宽就把儿子领回家里，阿公、阿婆和母亲见了都十分高兴，商量一番请了一个先生教他念书。先生以"留"字的谐音给他取名钱镠，字具美，小名仍叫婆留。谁知婆留生性好动，不肯静心读书，终日嚷嚷："我要习武，不要学文！"因此，先生教他"四书五经"他总心不在焉，而让他读兵法典籍，则爱不释手。

　　婆留十六岁那年，阿公阿婆相继去世，父母也年逾半百，家境更加贫困，婆留只得辍学。为了全家人的生活，他瞒着父母，跟别人去贩私盐。贩私盐被官府捉住是要杀头的，盐贩子常成群结队而行，并且带上短小兵器，遇急应用。婆留用着两件与众不同的家伙，一是黄鳝骨头扁担，一是铁头垛柱，这两样东西挑盐作工具，格斗当武器。一连几年挑私盐闯险道，婆留力大艺高，盐贩们都喜欢与他做伴同行。

　　一天傍晚，婆留一行十余人挑盐去安徽宣州山区，路过五虎山，打算在树林深处歇脚，忽听对面竹林中传来女人的哭声。婆留自小有侠义之气，爱打抱不平，他就循着哭声来到竹林之中，见一老妇跪地哭泣。婆留上前叫了声"阿婆"，问她为什么在这里哭。老妇道："告诉你也无用，你就休管闲事吧。"婆留一听，觉得事有蹊跷，便直言道："我是钱婆留，闯荡江湖几年，爱管不平之事。阿婆如有难处，不妨说来我听听。"老妇一听是刀斩黄鳝精的钱婆留，就啜泣着诉说起她家的不幸遭遇。

　　原来离此五里的竹林桥畔有一座海会寺，去年来了个自称罡陆法师的野和尚，武艺高强，能飞檐走壁，能飞刀取人。他赶走方丈，把持寺院，不做好事，专干些偷鸡摸狗、戏弄女人的坏事，把个佛门圣地搅得乌烟瘴气。一些善良僧人都逃往他方，那些不三不四的和尚却与罡陆沆瀣一气，胡作非为。四邻百姓得知海会寺出了邪和尚，都不敢再去求神拜佛，寺内香火几乎断绝。这罡陆和尚最坏的一手是贪色如狼，凡周近村坊有人家娶亲，得让他先进洞房，不然，新郎新娘新婚之夜就会惨遭毒手。今日是老妇人为儿子娶媳妇，小和尚过来传话，说大法师今夜要先入洞房，因而在此哭求上天。

婆留听了，拳头捏得汗涔涔，牙齿咬得格格响，怒骂道："哪方来的贼秃，敢在这方净土作恶，这件事我钱婆留管定了！"便劝老妇回家照办喜事，自有对付贼秃的办法。老妇见钱婆留能出头解救，当即跪地下拜。婆留忙将她扶起，问明住地，送她出了竹林。婆留回到树林里，把刚才的事告诉了同伴们，并约定到时众人助威。他吃饱了干粮，到溪边喝足了水，操起鳝骨扁担，大步向中溪滩走去。

娶亲人家，灯火通明，却喜气全无，主宾面对宴席，脸上阴云密布。戌时将尽，罡陆和尚头戴方巾，身穿罗衫，腰系钢刀，宛如一个富家相公，摇摇摆摆地进了大门。只见他一脸横肉，满口酒臭，两只贼眼向众人斜睄了一眼，径自登梯上楼，闯进了新房。不一会儿只听得楼上"乒乒乓乓"响了起来，楼下的人知道事情发作了，纷纷躲到暗处看个究竟。

原来罡陆和尚进入新房，摘下方巾，脱去罗衫，解下钢刀，光着头袒着胸扑向新床，撩起帐子一看，不见新娘，只见一个大汉跨着马步蹲在床上。这汉子正是婆留！罡陆和尚顿时紧张起来，刚要开口，脸上被吃了一巴掌。和尚跳下床取过钢刀，婆留翻身抽出鳝骨扁担，两人打将起来。一番恶斗，从楼上打到楼下，从屋里打到屋外，从中溪滩打过白沙岭，直打到护风山南麓的开阔地带。此时，月上中天，围观的人来了不少，贩盐伙伴齐声呐喊助威。两人你来我往打得难解难分。"同和尚打斗的大汉是谁？""是小时从井边捡回来的婆留，吃过黄鳝精的肉和头哩。"这"井"与"头"的声音给婆留点出了门道，他用足浑身之力，大喝一声："着！"扁担向和尚头颈部横扫过去，罡陆和尚头颅落地，颈口喷血，身子摇晃了几下随即倒在地上。作恶的罡陆和尚被除，百姓们一片欢呼，把婆留抬了起来，狂欢了好一会儿。

　　人们把罡陆和尚头颅落处叫作"罡陆头"，后来成了地名，即现在的玲珑车站处。婆留除淫僧的传奇也流传至今。

搜集整理者：张　涛

原载吕洪年主编《钱王传说》

因本书篇幅有限，现将未选录篇目列于下：

《钱婆留怒杀淫和尚》，搜集整理者：胡月耕，原载吕洪年主编《钱王传说》。

《钱镠荡平强盗山》，讲述者：黄金森，采录者：曹林林，采录于2010年锦城街道横街村。

《钱王安吉平盗匪》，讲述者：潘志红，搜集整理者：倪瑞龙。

《厚赐城门官》，讲述者：胡炳法（已故），搜集整理者：胡月耕, 记录于1980年。

《盛四盛五两菩萨》, 讲述者: 张方林、金锦松, 采录者: 胡月耕, 记录于2004年。

《盛四相公呼风雨》, 讲述者: 赵炳生、章洪生, 采录者: 胡月耕, 记录于2004年。

《盛五相公治瘟疫》, 讲述者: 罗松木、朱方明, 采录者: 胡月耕, 记录于2004年。

[伍]钱王保境安民传说

《钱王作家训》、《钱王造牙城》、《钱传瓘继位》等故事, 充分展现了他"控江山以尊天子", "举一羽之策, 兼三国之雄", "外缮甲兵, 内修耕织, 好贤宝谷, 亲仁善邻"的基本国策和治国理念。《警枕报讯》、《钱王赤脚背娘》、《钱王护法出宠姬》、《钱王罢舞停琴弦》、《育象放鳄仁德风》、《好生之德不滥杀》, 体现钱王忠孝仁爱, 克制私欲, 勤政爱民的思想和作风。

钱王作家训

钱镠共有五个兄弟, 其中老三钱镖最令他头痛。钱镖嗜酒成性, 常常酗酒胡闹, 耽误了很多大事。湖州刺史高沣叛逃后, 钱镠让钱镖去接任, 并千叮万嘱以后不可再喝酒误事。钱镖畏于兄命, 满口答应不再狂饮。但他上任以后, 恶习不改, 早把兄长的话抛到了九霄云外。

有一次，他喝得酩酊大醉，竟把湖州都监潘长和推官钟德给杀了。酒醒后，钱镖自知吃罪不起，第二天就逃到淮南杨行密处，当了右龙武统军。

钱镖的叛逃使钱镠痛心疾首，他说："是我害了他，我早知他恶习难改，不该委他以大任，现在后悔也来不及。为了防止钱门再出这等不肖子孙，我要立个家规。"

家训诫后

大年初一那一天，钱镠把在杭州的钱家子孙召集到碧琳堂中，亲自宣布了八条家训：

一、皆为百姓，三军子父土客之军，并是一爱之体；

二、佐九州，匡王室；

三、莫纵骄奢，兄弟相同，上下和睦；

四、婚姻须择门户；

五、莫欺孤幼，莫损贫民，莫信谗言，莫听妇言；

六、莫广爱资财，莫贪人财物，教人勤耕勤种；

七、莫轻视祖宗；

八、子孙绍续，恪守礼教。

宣读完毕，钱镠让人抄了一份，裱好挂在祖宗像的旁边，劝勉子子孙孙永远铭记心间。

搜集整理者：杨丹云

原载吕洪年主编《钱王传说》

钱王赤脚背娘

钱镠做了吴越国国王后，在杭州大兴土木，建造王宫。

王宫完工后，他看着那琼楼玉宇一幢连着一幢，想到了母亲，立刻派人到临安钱坞垄把母亲水丘氏接来，安顿在宁清楼，让她静心养老享清福。

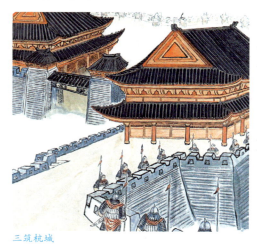

三筑杭城

谁知，水丘氏在家操劳惯了的，一旦空闲下来，饭来张口，衣来伸手，反倒生起病来。

钱镠得知母亲病了，心急如焚，一边叫名医诊治，一边亲自服侍。当时正好是冬天，水丘氏在乡下时晒惯了太阳，钱镠就天天来宁清楼将母亲背到楼下院子里晒太阳。起初,钱镠背娘时身穿龙袍,脚着云头靴,很不方便。后来,他索性卷起龙袍,脱掉靴子,赤着一双脚背娘。

有一次,大臣罗隐路过宁清楼,正好撞见钱镠赤脚背着娘从楼上下来,累得气喘吁吁,满头大汗。罗隐见状,恳切地说:"主公,你病体初愈,体力不支,况且已接近花甲之年,背母亲是否可让人代劳?"钱镠听后说道:"贤卿此言差矣!天下事皆可由人代劳,唯有这背娘之事不可替代。无天无地哪有人,无父无母即无我。须知,做儿子的报答母亲的恩情是一生一世也报答不完的!"罗隐听后,十分感佩钱王的孝行,笑着说:"主公所言极是,为君者爱民第一,如果连生身父

钱宽、水丘氏墓

母都不孝敬，怎能爱天下百姓？臣进言不妥，有罪！"钱王呵呵大笑，拍拍罗隐的肩膀，说："无罪，无罪，贤卿也是为我的身体着想嘛。"

如今，临安当地还流传着这样一句民间俚语："侬要孝敬爹娘，学学钱王背娘。"

搜集整理者：胡月耕

原载吕洪年主编《钱王传说》

钱王护法出宠姬

钱镠共有二妻二妾，其中名唤郑玉娇的小妾最受他宠爱。郑姬生得花容月貌，娇小俏丽，又知书达理，秀外慧中。钱王每次理政晚归，郑姬总侍候得十分周到，有时还说些趣事给他解乏。这样，钱王更觉离不开她。

谁知郑姬是个命薄福浅之人。她的父亲，一向吃喝嫖赌，拈花惹草，在当地声名狼藉。自玉娇进入王府，成为钱王的宠姬后，他更是无所顾忌，胡作非为。有一次，他在西湖边游玩，见一美貌女子侧立湖边，明眸皓齿，冰肌玉肤，不禁起了邪念。他上前动手动脚，百般调戏。那女子是有夫之妇，她丈夫有事走开了，留她在此等候。不一会儿，她丈夫回来了，看到有人竟敢在光天化日之下调戏他妻子，不由得火冒三丈，两人就争执起来。郑父本是个无赖之徒，出手凶狠，拳脚相加，可怜那女子的丈夫当场丧命。

　　事情传到钱镠耳朵里，钱镠感到左右为难。郑父杀人，理应偿命。但他毕竟是自己宠姬的父亲，念在翁婿之情上，似乎应该饶了他。钱王手下不少官吏也都出面请求减轻刑罪。只有一名官吏告诫说："大王，俗话说，锄一害而众苗成，刑一恶而万民悦，大王可不能徇私枉法啊！"

　　钱镠觉得有道理，就说："法是我立，此番如有法不遵，开了先例，以后难以依法从事了。奉法为重！奉法为重！"他不再犹豫，立即下令将郑父斩首示众。

　　钱镠回到寝宫，看到爱姬，不由得百感交集。郑姬此时并不知道父亲杀了人，她见大王一脸愁容，更是柔情相加，百般抚慰。钱镠想，事情终究是瞒不过的，不如和盘托出。他把郑父杀人的经过告诉了玉娇，玉娇听了犹如五雷轰顶。"爱妃，事已至此，我把话挑明了吧！你父亲犯了死罪，你就是罪人之女，也很难再在王府待下去了，你还是另找地方托身吧！"

　　"要我另嫁他人，我死也不从！"

　　"你是王妃，另嫁他人，我也脸上无光，我想你不妨找个寺庙修身养性，倒也清静。"

　　郑姬见钱王心意已决，知道强求也无用，只好说："贱妾上次与戴夫人同游葛岭玛瑙观音庵，那儿环境倒也清幽宁静，住持文静师太也还和善，我想就在那儿安身了。"

钱镠见郑姬深明大义，很是感动，说："爱妃尽可放心，我会关照文静师太好生相待的。"两人抱头痛哭一场。翌晨，郑姬进了玛瑙庵。

郑父被依法处斩，郑姬受牵连进了庵堂。百姓盛赞钱王为国护法，大义灭亲。

搜集整理者：杨丹云

原载吕洪年主编《钱王传说》

因本书篇幅限制，现将未选录篇目列于下：

《钱王造牙城》，搜集整理者：杨丹云，原载吕洪年主编《钱王传说》。

《警枕报讯》，搜集整理者：胡月耕，原载吕洪年主编《钱王传说》。

[陆]钱王才艺出众传说

钱王以谋略过人、武艺出众而闻名遐迩，其实他于诗文、书画方面也有很深造诣，但是传说故事中涉及很少。《宣和书谱》

警枕自醒

载，钱王"喜作正书，好吟咏，通图纬学"。他不顾年高事忙，力学不辍，经常与人吟诗唱和，所书正楷"刚劲结密"。《钱王唱歌》、《钱王题诗平怨》、《陌上花开》、《钱王手简聚散上海滩》，都表明钱王"文章草隶，纵横自得"的才气和艺术造诣。钱王崇尚佛道，"雅洞真筌，居为外护"，"慕佛乘之妙道，割天性之深慈"，《洪诨点化钱婆留》、《钱镠信梦》、《因梦修缮大佛寺》、《神仙托梦造太庙》、《洞霄宫抚掌泉》，都是钱王崇尚佛道，相信神灵的传说故事。

钱王题诗平怨

钱镠自从选在凤凰山上修筑牙城以后，就命令监工日夜督促役工，加紧修建城池。

这牙城建在山顶上，岩石很硬，得用炮轰开，碎石用凿子凿开，费工费时，役工们疲惫不堪。又加工头在一旁一个劲地催促，役工怨声载道。

一天早上，钱镠听见府门外一片吵闹声，不知发生了什么事情。他一时好奇，步出门外，只见役工们围着一张白纸在那儿指指点点，还不时地发些牢骚。挤进人群一看，只见府邸左面的墙上贴了一张纸，上面写着："没了期，没了期，修城才了又修池。"

钱镠这才恍然大悟，这分明是役工们对劳役之苦的怨愤。

钱镠深知"得人心者兴，失人心者危"，但怎样才能既平息工匠

修杭城

们的怨气, 又能保证工程按时完成呢? 把写这张纸条的人查出来, 惩罚他, 恐怕这只能激起民愤。"不, 这样绝对不行!"钱镠自言自语, 深感为难。再说这张纸上的话说不定是一些人合谋的。俗话说:"法不责众。"看来强行制止是行不通的。

钱镠环顾四周, 只听得好些人都在赞同纸条上的话。"是啊! 我们这么辛辛苦苦图个啥? 一年又一年, 无休无止, 被人当牛一样使唤, 再这样下去, 我看用不了多久我们都得去见阎王了。""唉! 不知前世作的什么孽, 别人荣华富贵, 我们却整天在这里日晒雨淋的。"

"没了期"

旁边的人也都齐声附和,群情激愤。

　　钱镠看着这吵吵嚷嚷的人群,突然灵机一动,迅即回房,提笔写了一句话:

　　"没了期,没了期,春衣才罢又冬衣。"

　　然后他把一名士兵叫到面前,如此这般地吩咐了一番。

　　当晚,夜深人静之时,只见一人蹑手蹑脚地从王府的边门出来,看看周围没人,就飞快地在白天看到的那张纸旁边又贴了一张纸,随即消失在黑暗里。

第二天，工匠们从王府门前走过，发现多了一张纸。一人大声念着上面的字："没了期，没了期，春衣才罢又冬衣。"人们又开始议论起来。

"看来我们的命运是天定的。冬去春来，寒来暑往，永无止境。我们还是安心干我们的好了！"

人群慢慢散了，一个个摇摇头，叹口气，又往山上去了。

钱镠听人说役工们不再抱怨，重新安心劳作了，感到很高兴。为了让役工们能更好地修建城池，钱镠下令把每天的工作时间缩短一个小时。从此，工地上平静了，城池也按时修筑完成。

搜集整理者：杨丹云

原载吕洪年主编《钱王传说》

陌上花开

离临安县城十五里地有个郎碧村，当年，钱镠因贩盐被官兵追捕，幸亏郎碧村姑娘戴芙蓉相救，才免了祸水。两人从相识到相爱，从相爱到成亲，成亲以后恩恩爱爱，日子过得很快乐。

后来，钱镠发迹，成了雄踞一方的吴越国国王，戴氏成了王妃。钱镠虽然又娶了吴氏等人，但与戴妃的感情最好。每年岁末，戴妃都要从杭州回故里省亲，钱镠总要赐以金银布帛，让她带回乡里馈赠亲友，还婉言嘱咐她："等到山里的花又开了，慢慢地回来吧！"

　　戴妃每年回乡省亲，临安县令都要亲自到三十里外的汪家埠去迎接，然后过八百里，走五里桥、十锦亭、长桥，再迎到县堂歇夜，第二天，再起程过西墅，穿新溪，到郎碧，一路上，吹吹打打，前呼后拥，热闹非凡。特别是省亲队伍路过郎碧村的邻村新溪、昱岭脚、后郎村一带时，在苕溪两岸劳作的农夫及牧童都会停下手中的活计，在那里翘首观望。那时，苕溪两岸遍布芦苇，芦花经风一吹，纷纷扬扬，雪白一片。戴妃的省亲队伍红红绿绿地穿行在纷飞的芦花中，引得沿途鸡啼狗吠，场面更加闹猛。

　　到了阳春三月，山上的杜鹃红了，田野里的紫云英开了，戴妃省亲的队伍又在临安县令的伴送下，一路吹吹打打，浩浩荡荡地回归杭州，年年岁岁都是这样。

　　当年，乡间传唱着顺口溜："十二月里芦花飞，王妃娘娘回乡里。狗儿汪汪叫，鸡鸭满天飞。县官打寒噤，差役跟着吃臭屁。"

　　后来，那些樵夫野老又吟唱出另一首顺口溜："陌上花开蝴蝶飞，皇帝老子想嬉戏。飞马催得戴妃归，同床共枕好入×⋯⋯"歌词一共两段，每段的最后一句都是男女交媾的粗野俚语。可这顺口溜却成了村夫牧童们挂在嘴上的小调，还被冠名《陌上花》，一唱唱了一百多年。到了北宋熙宁年间，大文学家苏东坡到临安观政，在玲珑山拜访琴操时，在九仙山上听到牧童在唱这首《陌上花》。苏东坡感到《陌上花》乡土气息很浓，语言朴素，感情真挚，是民歌中的上品。但是，每段末一句都带有男女交媾的意思，写在书上有点不太雅观。于是，他回到杭州后，欣然命笔，改写成"陌上花开蝴蝶飞，江山犹是昔人非。遗民几度垂垂老，游女长歌缓缓归。陌上山花无数开，路人争看翠辇来。若为留得堂堂去，且更从教缓缓回"。

经苏东坡这一改，《陌上花》歌词文雅多了，也能上书上典了，故而一直流传到现在。

搜集整理者：胡月耕

原载吕洪年主编《钱王传说》

洪諲点化钱婆留

洪諲（813—895），俗姓吴，号神鼎，吴兴乌程人，十二岁出家，十九岁师从鉴宗学法，精研佛学。二十二岁投嵩岳受戒，再从鉴宗学法。后又云游各地，先后参谒云岩昙晟、沩山灵祐等高僧求法。唐咸通初年入天目山。得慧能要旨，"方悟玄旨"。后再谒临济宗石霜禅师参悟佛法。时逢会昌法难，佛界大都悲怆，而洪諲不以为然，于咸通七年（866年）再上径山寺，奉鉴宗之命继承法席，使得径山重兴。"始惟百僧，后盈千数"，"吴中佛法，藉于洪諲"。唐乾符末年，遇战乱，黄巢军攻临安，其偏师将领率千余军上径山，见洪諲端坐不起而怒，以刀剑挥其禅床，而洪諲不动声色，兵将慑服而退，史载"坐镇群魔刀斩禅床而色不动"，传为美谈。五代十国中，唯吴越国始终以

洪諲法师点化婆留

信佛顺天为国策，大兴佛教，这与洪諲点化钱镠有关。

钱镠贫贱时，曾上径山参谒洪諲，洪諲迎于方丈室，密告钱镠"他日独霸吴越，当须护持佛法，无忘此言"，"好自爱，他日贵极，当以佛法为主"，并嘱其熟读兵书，钱镠心领神会，自此屡立战功。主两浙后，保境安民，发展农桑，成为"东南财赋之区"。钱镠对洪諲始终持弟子礼，对径山特别关护。唐景福二年（893年），钱镠以镇海军节度使的名义表奏昭宗，请赐号洪諲"法济大师"。

乾宁二年（895年）九月二十九日，洪諲修书嘱钱镠"外护佛法"

后圆寂，钱镠亲执丧礼，并撰赞文以示悼念，又追谥为吴越国"建初兴国大师"，表示不忘微时旧恩，号其塔为"广济塔"。后唐长兴三年（932年），钱镠临终时嘱文穆王钱元瓘："吾昔日自径山法济示吾霸业，自此发迹，建国立功，故吾尝厚顾此山焉，他日汝等无废吾志。"由此，后代钱王都奉祖训，"信佛顺天"，大兴佛教，立国东南前后七十余年，敬佛之旨未有稍息。

搜集整理者：王建华

因梦修缮大佛寺

钱镠十八岁那年，贩私盐到新昌县境内，被官府差役盯梢。按当时朝廷规定，贩私盐者格杀勿论。在人生地不熟的异乡客地，钱镠怎么也摆脱不掉差役的盯梢。无可奈何之下，他拔腿就跑，慌乱中逃进大佛寺，钻进一尊佛像底下。差役尾随而来，把个大佛寺搜了个遍也不见人影，只得垂头丧气地走了。

钱镠等差役走远，才从佛像底下爬出，心想：我今日能避过劫难，全靠菩萨保佑。于是，双手合十，跪在佛前许愿道："我佛慈悲，若我今后发达，定来重塑金身，以报今日庇佑之恩。"

后来，钱镠果然发达，做了吴越国国王。因忙于修建海塘，治理朝纲，竟把早年大佛寺许愿一事忘了。一天晚上，他在灯下审阅奏章，不觉昏昏睡去。睡梦中，有个老和尚对他说："钱王呀，你真是贵

广建寺院

人多忘事，在新昌大佛寺许下的心愿怎么不见动静呀？"钱镠醒后，恍然大悟，立刻下旨，拨出库银将大佛寺里里外外修缮一新，寺内所有的菩萨全都用金水喷身，而后，他带领妻室和随从，从杭州专程到新昌大佛寺焚香礼佛，还了心愿。

如今，新昌大佛寺还留有钱镠的墨迹，寺内碑刻记录着钱镠当年敬佛时的情景。

搜集整理者：王建华、陈伟民

原载吕洪年主编《钱王传说》

因本书篇幅有限,现将未选录篇目列于下:

《钱王唱歌》,搜集整理者:胡月耕,原载吕洪年主编《钱王传说》。

《钱王千僧斋》,搜集整理者:王建华。

《神仙托梦造太庙》,讲述者:吴金友,搜集整理者:倪瑞龙,记录于2004年锦城街道余村村。

《钱镠信梦》,搜集整理者:金胜民,原载吕洪年主编《钱王传说》。

[柒]与钱王有关的地方风物传说

与钱王有关的地方风物传说,包括《石镜山与将军树》、《石镜山》、《钱王铺来历》、《衣锦还乡封十锦》、《担盐山与踩柱泉》、《兔石岭》、《临平山》、《兰陵溪与卦畈村》、《保锦山》、《钱王与五晋氏》等,其中的地名和地方风物,或是钱王给取的,或是与钱王在当地的传奇经历有关,是钱王传说中最有地方特色的一部分。

钱王铺来历

讲到钱王铺的来历,还有个历史传说呢。

唐朝末年,临安大官山(功臣山)下出了个贩卖私盐的好汉,姓钱名婆留,生得剽悍异常,武艺高强。他带领一伙盐贩,来往于浙东与浙西之间,有时还将食盐远销宁国、徽州。那时盐、铁是官营的,县衙门还专门有缉私盐捕。婆留带人贩卖私盐，要躲避官府追捕，否则被抓住是要坐牢的。

有一年，枫叶殷红时节，婆留又带了十数名弟兄，挑来近两千斤食盐，经临安，越於潜，往昌化，想远运徽州贩卖。因为那里盐贵，可得更多利润。这一天黄昏时分，婆留一伙偷偷绕过横潭镇，沿着玲珑山北麓山边小路西行，要赶到白峰山铜钱湾小村里搭铺借宿，天明才经化龙往西赶路。此村虽小，但地处僻静，远离县城，村中都是农户，十分安全。

二更时分，婆留一行就到了铜钱湾，他们借宿在戴贤老伯家里。戴老伯与婆留的父亲钱宽要好，早年丧妻，无儿无女，孤身一人，但有几间瓦房，尽可供婆留他们住宿。到了戴老伯家门前，照例由婆留叩门，但开门迎接的却是一位花容月貌的农家姑娘，婆留不由得吃了一惊。经过讯问，才知道戴老伯病了，她是老伯的远房侄女，小名芙蓉，住在郎碧村。她听伯父说过婆留一行要来，已经恭候三天了。婆留他们十分感激，就随她入屋住下。芙蓉姑娘清秀伶俐，笑意盈盈，烧茶递水，扫地搭铺，既勤快又亲热，使婆留一伙宾至如归，分外适意。不一会儿，芙蓉将盐贩们安顿好了，婆留随带礼物跟姑娘进内屋探望戴大伯。戴大伯因偶染风寒，几天前叫侄女来照料后，日见好转。他见了婆留十分开心，并给芙蓉作了介绍。两个年轻人相视而笑，像兄妹一样十分亲热。婆留为了感谢大伯，送上了两瓶绍兴名酒和一块龙凤碧玉。戴大伯乐呵呵地收下酒，却将龙凤碧玉送给侄女。芙蓉捧着精巧的龙凤碧玉，真是爱不释手。

这时，远处突然传来几声狗吠。戴大伯经验丰富，十分警觉，立即叫婆留通知盐贩们。婆留吩咐各人挑起盐担到后山暂时躲藏，自己赶紧拆搬床铺，避免留下痕迹。芙蓉也帮他收拾，忙得气喘吁吁。一阵急促的敲门声响起了，芙蓉叫婆留赶快躲进内屋，外面由她对付。芙蓉装作睡眼惺忪，打开大门一看，果然是县衙门的盐捕。原来婆留等人天黑时经过横潭镇，碰巧被一个到镇上走亲戚的盐捕看到，他进城带了众盐捕一路打听尾随而来。

缉私盐捕在外屋看看没有什么，就催芙蓉带到里屋看看。芙蓉镇定自若，掌着烛台边走边骂："半夜三更，寻什么开心！"婆留闻声，早已躲在眠床顶上。盐捕见床上戴贤大伯病着，也看不出什么破绽，只好快快而去，到别处搜查了。婆留等人见盐捕走了，照旧搭铺安寝。

第二天清晨，婆留早起，见芙蓉已在烧早饭，她一边烧火，一边轻轻地哼着山歌："映山红花开山里，萝卜结籽在田里。蝴蝶飞在花丛里，阿哥在我心底里。"

芙蓉姑娘的山歌，像一股山泉一样晶莹清澈，把个五大三粗的莽汉婆留听得呆了。等到芙蓉姑娘连喊三声"钱大哥"，婆留才回过神来，闹了个大红脸。戴大伯见侄女与婆留很有点意思，就从中撮合他们，成就了一段美满姻缘，信物就是那块龙凤碧玉。一对情人共过患难，十分亲密。

几年之后的一个春天，铜钱湾大路旁挂出了一面酒旗，在杏花春雨中微微飘拂。这爿酒店的店主就是戴贤老伯，暖酒捧菜的是他的侄女芙蓉。因为此地是杭州到徽州的必经要道，过往客人很多，他们待人又谦和，生意十分兴隆。实际上这爿酒店的东家乃是婆留，酒店是他出钱造的，上等麦酒是他从绍兴弄来的。有时候生意忙，婆留也来与戴贤大伯、芙蓉姑娘一起卖酒。

后来钱婆留发迹，成了吴越国国王，戴氏芙蓉也被封为王妃。钱镠不忘乡情，每年正月要戴氏回家乡郎碧探亲一次，嘱咐她到陌上花开时可以缓缓回归杭州。乡人将他俩的爱情故事，编成山歌《陌上花》。后来，宋朝大文学家苏东坡到临安观政采风，听到牧童唱《陌上花》，感到情真意切，乡土气息很浓，但歌词尚欠文雅。他就妙笔一挥，依韵改写了一下："陌上花开蝴蝶飞，江山犹是昔人非。遗民几度垂垂老，游女长歌缓缓归……"

后来，铜钱湾下的村庄越来越大，变成了每隔十里而设的一个驿站。因为钱武肃王曾经在此地歇过脚，卖过酒，就取名为"钱王铺"。

搜集整理者：胡月耕

保锦山

据老辈人说，从前保锦山叫"西墅横山"。那么，为啥以后又叫作"保锦山"呢？这就同钱武肃王有关了。

钱镠从军后，从百夫长做起，直至统一十三州，成了吴越国国王。

有一个湖州人，本事很大，文武双全，他心里很不服气，想侬钱镠能当国王，我为啥不好当，就暗中招兵买马，组织力量。一年后，他联络了一班太湖强盗，还招了一帮江湖人物，组织一支有三万人的队伍起事，占领了湖州城。

占领湖州后，他知道凭着自己现有的力量无法打赢钱王，就想了一条计策：钱王老家临安兵力薄弱，钱王父母在临安居住，打下临安，将钱王父母作为人质。钱王是个孝子，用他父母作为交换条件，

安国楼

逼他让出国王的位置。

于是，湖州人派出了一支最会打仗的队伍进行偷袭。果然，沿途只遇少量钱王官兵阻击，很顺利地沿着杭徽古道打到了衣锦城北面一个叫"湖塘下"的地方。

西墅街有一个看牛佬爱看早牛，一早赶了两头牛到湖塘下旁边的横山去放。朦胧中，他看到一支队伍往衣锦城而来，说话里头还带着湖州口音。一想不对，早两天听人家讲，湖州人在造反，是不是这班造反的人打过来了？看牛佬牛也不看了，连忙气喘吁吁地跑到兵营去报告。

石境营官兵听到报告，一面派人向钱王告急，一面组织力量出兵，利用横山天然屏障进行阻击。石镜兵马虽然不多，但都是家乡兵，保家守土，他们都很勇敢，更有横山居高临下，湖州兵几次攻击都攻不下。钱王在杭州听到八百里告急后，立刻派其儿子钱元璙率领一支大军支援。大军一到，很快打退了湖州人，并乘胜追击，一鼓作气收复了湖州。

仗打完后，钱王想想，亏得横山，也亏得那个看牛佬，保住了锦城，否则后果难以想象，就封横山为"保锦山"，封看牛佬为"千总"。这一封，"保锦山"这个名字就一直流传下来了，沿用至今。

讲述者：高金林，八十一岁

记录者：倪瑞龙

记录时间与地点：2007年10月20日于高金林家中

玲珑牡丹鲊

钱武肃王出生在大官山下（即现在的宝塔山），离家不远处就是锦溪。钱王小时候天天看牛，经常在锦溪河边放牧。牛在河边啃青草，钱王与几个小伙伴就下锦溪抓鱼。那时的锦溪鱼很多，最多的是一种嘴尖眼小，身上有红蓝等色条纹相间的鱼，这种鱼小钱镠叫它"虹吼癞子"，因为鱼的条纹像天上的彩虹，很美丽。小牧童们将鱼抓住，用很有韧性的杨柳枝条串着，傍晚回家就是一顿美餐。有时桃花汛时，虹吼癞子因产卵下籽，很多很多，小钱王他们抓得太多吃不完，就将这些鱼在甏里或缸里腌起来或糟起来，要吃时拿出来用碗盛了，放在锅里蒸熟，很香，很下饭，小钱王与小伙伴们都很喜欢吃。

钱镠长大了，成了吴越国国王，什么美味没尝过？但他仍旧惦记着腌虹吼癞子的美味。

一天，钱镠命御厨做他小时候吃过的虹吼癞子吃。手下人到市场买来虹吼癞子，腌过，但蒸起来味道总归不好。几天后，钱王亲自到厨房去指导御厨怎样腌制和烹调虹吼癞子。

当然，这个御厨不是一般的厨师，他是为钱王掌勺的烹调专家，钱王将小时候怎样腌、蒸虹吼癞子，怎样加作料的细节——讲清楚后，御厨晚上躺在床上又细细琢磨了一番，结合自己的烹饪技术，研究出一道远近闻名的新菜：玲珑牡丹鲊。

玲珑牡丹鲊，"鲊"读音同"眨"，是腌过或糟过的鱼的意思。御厨将上好的二指宽四寸长的虹吼癞子腌过后，去鳞去杂，将鱼块似团花般在圆盘中排列，中有金花蛋丝作花蕊，加作料，在沸水中蒸熟，出锅时有一股诱人的浓香，大盘中虹吼癞子五彩缤纷，中有金黄蛋丝点缀，活脱脱一朵国色天香的大牡丹花，所以，钱王将这碗菜命名为"玲珑牡丹鲊"。至于为什么开头用"玲珑"二字，是钱王记挂家乡临安的玲珑山，还是取玲珑剔透之意，那就不得而知了。

讲述者：楼子昭（已故）

搜集整理者：胡月耕

记录时间：1970年2月25日

因本书篇幅有限，现将未选录篇目列于下：

《石镜山与将军树》，搜集整理者：陈建勋，原载吕洪年主编《钱王传说》。

《石镜山》，搜集整理者：林笛鸣。

《衣锦还乡封"十锦"》，搜集整理者：林笛鸣。

《担盐山和跺柱泉》，搜集整理者：潘庆平，原载吕洪年主编《钱王传说》。

《钱王栗》，搜集整理：王成飞，原载吕洪年主编《钱王传说》。

《衣锦还乡》，搜集整理者：郑南根、陈伟民，原载吕洪年主编

《钱王传说》。

《兰陵溪与卦畈村》，收集整理者俞维仁、张涛，原载吕洪年主编《钱王传说》。

[捌]与钱王有关的人物类传说

唐末"大乱相仍，朝廷有失鹿之虞，銮辂见逐莹之窘"，而钱王"能运机筹不迷风雨"，关键靠钱王内府人物以及辅佐钱王功成名就的文臣武将，如杜稜、杜建徽、罗隐、皮光业等。与钱王有关的人物类传说有《钱王补过用罗隐》、《皮日休送子投钱王》、《杜建徽拜相》、《纳谏免征"使宅鱼"》、《柯相公》等，这些人物故事与钱王密不可分，历来被归入钱王传说之中。

纳谏免征"使宅鱼"

罗隐是钱镠的得力助手，他关心政事，敢于直谏，对钱镠干的错事，能直言不讳地提醒他。钱镠虽然脾气暴躁了些，但对忠臣的劝谏却能比较虚心地接受。人们都说，钱镠能把吴越国治理得太太平平，罗隐的作用是很大的。罗隐劝谏的事情很多，尤其是劝免征收"使宅鱼"一事，至今被人津津乐道。

罗隐会五禽戏，他常常起早到西湖边去练习。有一次，他比平常早起了半个时辰，天还蒙蒙亮就在湖边打起拳来。只听"哗啦啦"几声响，湖里摇过来一只小船，船头站着一位七十多岁的老翁，旁边放着一只鱼篓，虽然看不见里面有多少鱼，但听噼里啪啦的声音，至少有四五斤。

老人上了岸，系住船索，罗隐就上去搭话了。

"大爷，这么早，去卖鱼啊！"

"哪里有鱼卖啊！我这是去送使宅鱼啊。"老人无可奈何地叹了一口气。

"使宅鱼？你们每天都要交吗？"

"是啊，每天得交四五斤。碰到鱼多的时候还好，有时鱼儿少，凑不起斤两，只得另外去买来交。"

"难道每个渔民都要交吗？"

"凡是在这湖上打鱼的都得交。我们原想靠这吃饭，现在看看还不如种点地日子好过一些。"老人说完摇了摇头走了。

罗隐听了，心里很难受。他想，我一定要设法帮助这些渔民渡过难关。他再也无心练五禽戏了，急忙赶到钱镠的思政堂去。

钱君匋作"祖武是绳"

思政堂里挂着一幅钱镠新画的《蟠溪垂钓图》，墨迹未干。罗隐琢磨了一番，忽然灵机一动：我何不在这上面题诗一首，说不定钱王看后会有点感触。他当即提笔在画上题诗一首："吕望当年展庙谟，直钩钓国更谁知？若教生在西湖上，也当须供使宅鱼！"题完弃笔而去，只等钱王对此作出反应。

再说，钱镠吃完饭，兴冲冲地回来欣赏自己的作品，发现上面多了一首诗，读后不禁面露愠色，忙问侍童："刚才谁来过？"侍童说罗隐曾来此逗留。

一听是罗隐，钱镠脸色稍稍缓和下来，忙叫人把罗隐唤来。罗隐就把渔民的苦衷说了出来，最后语重心长地说："得民心者得天下，请主公三思！"

钱镠沉思良久，说道："好吧，从明日起，渔人免交使宅鱼，王府所用之鱼，尽数从市上购得。"

告示一出，渔民们奔走相告，齐声称颂钱王恩德。

搜集整理者：杨丹云

原载吕洪年主编《钱王传说》

杜建徽拜相

杜建徽，是钱镠手下得力干将杜棱的儿子，字延光。他小时候就胸有大志，每天闻鸡起舞，强体健身，准备随时报效国家。他在自己的居室旁边造了一间小茅屋，里面放兵器等东西，取名"军州押衙"。

　　一次，杜稜经过那间小茅屋，很觉诧异。又看到上面竟然有"军州押衙"四字，不由得大怒。他指着杜建徽说："你小子如此胆大妄为！"杜建徽却针锋相对地说："大丈夫岂止于军州押衙而已哉！"听了儿子的话，杜稜暗暗称奇，他没想到儿子小小年纪竟胸怀凌云之志，从此格外珍爱他，每天亲自教他演习兵法，再加十八般武艺，样样传授。杜建徽生性聪颖，领悟得非常快，不但把父亲的武艺全部学到手，有些方面甚至超过了他。

　　杜稜很高兴，等到建徽满了十五岁，便带他参军了。每次交战，杜建徽毫不畏惧，他总是连铠甲也不穿就杀入敌阵，单枪匹马地跟敌军厮杀，无人能在他刀下留得性命。几番战斗之后，敌军只要一听杜建徽大名，就闻风丧胆，不敢轻举妄动，杜建徽一时赢得了"虎子"之称。

　　后来钱镠手下的一个将领徐绾叛变，率部攻打杭州。徐绾聚集了很多木头，想用火烧的方式打开城门。情况十分危急。杜建徽不慌不忙，命令手下连夜赶做铁钩，在木头尚未焚烧之前，潜入城内用钩子把木头钩到城墙上，破了徐绾的火攻法，平息了这场叛乱。

　　第二年，驻守睦州的陈询变乱，恰好杜建徽跟陈询有姻亲关系，钱镠知道他们两家的关系，怀疑杜建徽也要跟着行动，特意派人暗中观察他的动静。杜建徽觉察到钱镠在怀疑自己，说："我不幸跟陈询结为亲家，钱王怀疑我是理所当然的。不过，对于陈询的行为，我早已写信劝阻他了。日后自会真相大白的。"陈询叛军很快就被打败了，陈询派了一个小官拿了杜建徽的书信到钱镠处请求投降。钱镠看了杜建徽的劝阻信，知道他是无辜的，并且还有功于自己，就更加看重他。

钱镠当了吴越国国王后，马上任命杜建徽为左丞相。每次群臣上朝拜见的时候，钱镠就指着杜建徽对群臣说："他就是杜丞相。我之所以能占有这一方土地，都是他出的力啊！"群臣见国王如此看重他，对他不敢有半点轻视，还到处传讲"杜建徽拜相"的佳话。后来，杜建徽又被封为郧国公，八十八岁死，赠太师，谥号威烈。

搜集整理者：吕洪年

原载吕洪年主编《钱王传说》

钱王祖先是彭祖

钱王称雄两浙，被唐昭宗封为吴越国国王、天下兵马都元帅，他曾衣锦还乡，大宴父老乡亲，高唱家乡民歌，着实风光了一番。而后，他又到离临安城十里的苦竹岭，亲自踏勘地形，拨款营修彭祖庙，建造长寿亭，在一个山弯竖立了一块"彭祖遗迹"石碑。

为什么钱镠对彭祖如此推崇，做了吴越国王后还恭敬有加呢？原来钱氏的祖先就是彭祖，排起来钱武肃王是彭祖的第一百三十八世孙呢。

彭祖，姓篯名铿，"篯"即"钱"字的古写。传说他是帝颛顼的玄孙。到殷末，已七百六十七岁，因为他善于补导之术，即现今盛行的气功，故而近八百岁的人还如年轻人一般。他曾经丧四十九个妻子失五十四个儿子。他的第五十个妻子名唤采女，因她也知道养身修性之方，当时已经二百七十岁，仍如姑娘一般容颜姣美。

彭祖像

彭祖与采女的结合是非常偶然的。采女这一日奉了皇上旨意，到四川一个县城找到彭祖，请教长寿的秘诀。彭祖讲了许多养身之道，特别强调男女的阴阳调和能得长寿的道理。他说，男女相成，犹如天地相生也。阴阳不顺伤人，阴阳相和长寿。采女听了大受教益，不由得对彭祖肃然起敬。这一男一女两个长寿人，在清幽的山中，不知不觉由相识到相敬，由相敬到相爱，最终结合在一起了。两人同居之后，天天研究长寿之道，锻炼身心，采女将皇上交代的事早已忘记了。

三年后，皇上得知采女与彭祖结合在一起，不禁大为恼火，欲派

彭祖墓

彭祖祠

杀手杀害二人。

采女与彭祖商议，为了避免麻烦，双双离开四川，先到当时称为"流沙国"的新疆一带，而后又折回南行，渡过黄河，跨过长江，在杭州之西的山区隐居下来，这就是当地山民称为"苦竹岭"的地方。

彭祖与采女以务农种竹和行医看病为生，与当地人相处得非常融洽，生活也十分安乐。不久，彭祖与采女生下一子，名唤英哥。这英哥年长后与村姑晓红结婚，又产下二子二女。钱氏家族就这样世世代代繁衍下来了。

搜集整理者：胡月耕

由于本书篇幅有限，现将未选录篇目列于下：

《钱王补过用罗隐》，搜集整理：庆天皇，原载吕洪年主编《钱王传说》。

《皮日休送子投钱王》，搜集整理：杨丹云，原载吕洪年主编《钱王传说》。

三、钱王传说的保护与传承

钱王传说可映照钱镠的政治理念、人文伦理，是研究钱镠言行的通俗版的『专著』。

三、钱王传说的保护与传承

[壹]钱王传说的保护

（一）临安与钱王有关的历史景观

　　吴越国国王钱镠世居临安县石镜镇（今锦城街道）临水里，其在钱坞垄的故居遗址仍在。大官山、石镜山、将军木等处是钱镠幼时游玩的地方。他发迹后，曾数次巡视故里，两次大规模衣锦还乡。钱镠在临安治沟渠，筑城墙，建寺庙，修祖坟，并将石镜镇立为衣锦军，派驻重兵镇守。在临安，有关吴越国的历史景观本来不少，但由于年代久远、屡经战火、人口迁徙等原因，大部分已湮灭或毁坏。

1. 钱王陵（钱镠墓）。

　　位于临安市锦城街道太庙山南坡，是五代吴越国国王钱镠的陵墓。后唐明宗长兴三年（932年）三月二十六日钱镠薨于杭州，应顺元年（934年）归

钱王像

钱王陵园

钱镠墓

葬茅山（今临安市太庙山）。墓地占地6.8公顷，墓坐北朝南，背靠太庙山，左青龙，右白虎，遥对功臣山和功臣塔。墓为圆形封土堆，高10米，长、宽各50米，上覆古林。原神道长300米，宽80米，有石羊、石马、石虎、华表、石将军各一对，石翁仲两对，享堂（钱王祠）五楹。墓前尚存清道光年间石碑，碑为钱镠第三十世孙钱泳所题，有颜楷阴文"唐故天下兵马都元帅尚父守尚书令兼中书令吴越国王谥武肃钱王之墓"字样。"文化大革命"期间，石俑被毁，神道享堂被占建房。1989年按原状重修钱王陵园。陵墓封土保存完好，为浙江省唯一的保存完好的王陵。墓道东侧存清代建筑钱王太庙。1997年重葺墓道，添置钱王祠、牌坊。2001年6月，国务院公布临安吴越国王陵（含钱镠墓，钱宽、水丘氏夫妇墓，康陵）为第五批全国重点文物

钱王祠

保护单位。

2. 功臣塔。

位于临安市锦城街道锦桥社区的功臣山顶，因山而得名。五代后梁贞明元年（915年）吴越国国王钱镠建。四面五层，仿木结构楼阁式砖塔。由基座、塔身、塔刹组成。通高25.3米，塔基方形，边长5.36米，高0.44米，塔身高22.06米。外壁每层每面设壶门、槏柱和倚柱，隐出做法。每面设门，门内通道两侧设壁龛，顶部设藻井。腰檐用平砖叠涩法伸出，下设补间铺作三朵、五朵作支橼；门下设平座，平砖叠涩法伸出，四铺作支橼；内壁上下直通，三层以下设斗拱。塔刹高2.8米，生铁浇铸，由覆钵和宝瓶组成。1982年落架大修。塔体逐层收分，比例适度，具唐代方塔遗制，是浙江省现存最早方塔。2001年6月，国务院公布功臣塔为第五批全国重点文物保护单位。

3. 钱宽、水丘氏夫妇墓。

位于临安市锦北街道西墅村明堂山，为吴越国王钱镠父母之墓。同茔异穴，两穴相隔6米。钱宽于唐昭宗光化三年（900年）入葬，早期墓被盗。水丘氏于天复元年（901年）入葬。两墓占地2000余平方米，结构类同，均为砖砌船形券顶结构，分前后室，以短过道相衔，多耳室、壁龛。内壁抹白灰，前室壁彩绘，后室顶部绘椭圆形天文图，内容为二十八宿和北斗。金箔作星，朱红绘线，日月星辰清晰可见，与现代星坐标位基本相同，为已发现的吴越国王族墓葬中最早的天文图，也是国内发现的保存时代最早、最准确的古代天文图，且属写实天文图，是研究我国古代天文星辰变迁的极其珍贵的实物资料。出土"官"、"新官"款扣金、银白瓷器，越窑褐彩青瓷器和金银玉器及墓志铭共计一百十九件。其中越窑青瓷褐彩熏炉、盖罂、油灯均为国宝级文物。钱宽、水丘氏夫妇墓系钱氏王室纪年墓，具有重要历史、艺术、科学价值。2001年，国务院公布为第五批全国重点文物保护单位。

4. 功臣寺遗址（含婆留井）。

位于临安市锦城街道功臣山南麓，为唐至五代建筑（构筑）遗址。2003年，临安市文物部门对功臣寺遗址进行考古发掘。遗址呈

功臣寺遗址

廊院式平面布局，强调中轴对称，从建筑基础、砖（石）制排水沟、天井铺地及出土砖瓦、吻兽和陶瓷残器等遗存用材、形制、体量等分析，为五代时期建筑。整组建筑至少由三组建筑组成，从南至北，依次为前殿、天井、钟鼓楼、大殿、天井、过廊、后殿及两侧厢房等。与文献史料比对，是吴越国国王钱镠"舍宅为寺"的功臣寺建筑遗址。

婆留井为唐代构筑物，石质井圈，八边形。井壁呈圆形，青砖砌筑。相传武肃王初生时有异相，父欲弃之于井，婆奋留之，故乳名婆留，后以"镠"代"留"字，井亦因之而名。婆留井是浙江省内不多的保存完好的唐代构筑物，亦因其与钱镠传奇身世密切相关而为后世所珍视。罗隐作《婆留井颂》曰："于惟此井，淳育坎灵。有莘有邰，实此储英。时有长虹，上贯青冥。是惟王气，宅相先征。爰启霸王，奠绥苍氓。沛膏渐泽，配德东溟。"

5. 康陵。

康陵位于临安市玲珑街道祥里村庵基山东北坡，为五代吴越国恭穆王后马氏（吴越国第二代国王钱元瓘原配夫人）的墓葬。马氏
窆于后晋天福四年（939年），1996年发现墓葬。康陵分墓坑、墓道、墓室、排水沟。墓道长11.5米，宽3.4米，高0.5—3.2米，排水暗沟，长16米，宽约0.5米，砖廓石室墓分前、中、后三室。前室为砖结构，置一石质长明灯，左右两侧设耳室，三面均绘牡丹树，左耳室嵌墓志。

康陵

中室，石板结构，近后室石门处置一石质供桌，左右两壁各绘牡丹树。后室，石板结构，置石质棺床，前后设石枋。四壁下方雕十二人俑，手捧生肖，中部浮雕青龙、白虎、朱雀、玄武，上方浮雕牡丹花图案，墓顶石刻天文图。墓早年被盗，后发掘出土有越窑青瓷瓜棱罐、石磨、唾盂、方盒、粉盒、石雕油灯、石供桌、玉饰件等三百余件。康陵纪年明确，雕刻精湛，彩绘丰富，天文图保存完好，具有重要的考古研究价值。2001年，国务院公布为第五批全国重点文物保护单位。

6. 功臣山。

功臣山位于临安市锦城街道锦桥社区，海拔157米，占地66.6公顷。清顾祖禹《读史方舆纪要》卷九十"功臣山"："上有功臣塔，本名大官山，（唐）昭宗改名，以宠钱镠。"因山建功臣塔，故俗称"宝塔山"。

7. 石镜山。

石镜山位于临安市锦城街道锦桥社区，是功臣山下西侧一座孤立的小石山。海拔约30米，西侧山腰有一石洞，深约5米，人可出入。东峰有一圆石，直径二尺七寸，光壁如镜，故名此山为"石镜山"。相传钱镠幼时曾以此石镜照其形，后贵，昭宗于公元901年下诏改"衣锦山"。张昱《衣锦山》诗曰："临安山中古石镜，曾照钱王冕服来。天遣紫苔封裹后，等闲不许别人开。"今亦名"石镜山"。

8. 太庙山。

太庙山位于临安市锦城街道临水路东，海拔92米，占地12.6公顷。一名"茅山"、"安国山"。清乾隆《临安县志》"山川"曰："安国山。山自天目中来，逶迤七十里，至九仙、玲珑、葛仙诸山。峻峭奇绝，下十余里，平地隐隐隆隆，至是突起，有屹然独尊之势。苕、锦二水合襟于中，而功臣山特峙于前，中为武肃之墓，又称'太庙山'。"

9. 天目山。

天目山，古称"浮玉山"，后称"天目山"。唐李吉甫《元和郡县志》曰："天目山，有两峰，峰顶各一池，左右相对，名曰'天目'。"天目山脉总体走向由西向东。西接皖南山地，经浙皖边境达杭嘉湖平原西缘。天目山山体古老，历史悠久，峰奇石怪，谷幽泉清，素有"江南奇山"之称。天目山是儒、释、道三教之名府。东汉道教教主张道陵诞生天目山，开创道教之大宗。竺法旷为天目山佛教始祖，是临济宗中兴之地。梁朝太子萧统分《金刚经》，编文选，隐居于天目山。钱镠崇尚佛道，自然把天目山当作圣山。他把洪諲法师请到天目山做住持，让昭宗赐予其"法济大师"封号。唐光启二年（886年）钱镠建保福院，文德元年（888年）建明空院。后梁乾化五年（915年）钱镠奏请梁末帝封祭天目山神，并亲自撰写《西天目山祭》。

10. 洞霄宫遗址。

洞霄宫遗址位于临安市青山湖街道洞霄宫村大涤山麓。先期为道教要地，道徒甚众。唐乾宁二年（895年），钱镠崇尚佛道，特请道士闾丘方远相度地势，重建天柱观，钱镠亲自撰写《天柱观记》并奏请唐昭宗赐予闾丘方远紫衣，号"元同先生"。后又建太瑞殿和玄同草堂。钱镠每遇大战或大难，如淮军攻临安，顾全武被俘，徐绾、许再思叛乱，杭州被围，钱镠父亲病故、母亲水丘氏去世，都让闾丘方远设醮焚修，祈求天神保佑，逢凶化吉。钱镠崇道厚礼，受到唐昭宗的褒奖。天柱观等已圮，只留遗址。

现在洞霄宫遗址留存有元同桥和会仙桥。

元同桥建于南宋淳熙十一年（1184年），属洞霄宫建筑群的组成部分。元同桥是单孔石拱桥，跨径1.8米，矢高0.8米，桥面长6.55米，宽2.7米。桥面分三段，每段由七长条石板拼筑而成。桥梁上设石栏板和望柱四对。柱头方形，阴刻双线方框。西侧栏板内壁正中阴刻"淳熙甲辰（1184年）岁次癸未"，东侧栏板正中刻"元同桥"三字。1988年12月被临安县政府公布为第二批县文物保护单位。

会仙桥，属洞霄宫遗址建筑物。南北向跨天柱泉水。单孔石梁桥，长6米，桥面宽2.5米，用五块长石板拼合而成。两侧无实体栏板，中孔净跨2米，矢高2米，东侧石条凹槽正中阴刻建造年间与姓名，字迹不清。石板整体呈拱弧状。

11. 彭祖故里。

彭祖故里位于临安市锦北街道潘山村，《临安县志》"寓贤栏"载："篯铿为商大夫，不愿仕，遂隐居于邑之百岗岭，寿八百，因号山为八百山，里名八百里……封于彭，因名彭祖。后去"竹"为钱氏，故铿为钱氏之始祖，武肃王其后裔也。"《钱氏家乘》卷七《传记》载："彭祖少好性静，惟以养神治生为事，好览古籍，孔子称其述而不作，信而好古，且为之窃比焉。"居官常以政教大夫，以官教士，以技救世人。在商为守藏史，为大夫，守彭城。在周为柱下史。历夏、商、周为三代国师，寿七百九十七岁而不衰，故世称老彭，又曰彭祖。"新中国成立初，彭祖墓及墓道上的石人石马均被搬作池塘的石料，祖庙作民居。钱镠发迹后曾整修族谱，立少典为一世祖，黄帝轩辕为二世祖，彭祖钱铿为十世祖，他自己是八十一世。并在八百里修建彭祖墓、彭祖祠。今唯"彭祖故居"碑留存半壁。

　　12. 千秋关。

　　千秋关位于临安市太阳镇登村千秋岭，因千秋岭而得名。千秋关东西横亘，东为马迹畈，西为永木山，关居两山之谷。关隘用自然块石垒叠而成，关高3.82米、长25.25米，墙体厚7.17米，拱形门高2.92米、宽2.05米。题额"千秋关"，旧为浙皖门户。千秋岭海拔398米，千秋关是一处重要的关隘，山高岭峻，地势险要，既是浙西通徽、苏的商贾要道，亦是古代兵家必争之地。据《吴越备史》载，后梁乾化三年（913年），吴行营招讨使李涛率兵二万自千秋岭破关袭衣锦军，钱镠命传瓘从北面救援。传瓘从山谷迂回，伐木断其归路，

千秋关

生擒李涛等八千余人。千秋关、昱岭关、独松关并称"浙皖三关"。

13. 钱镠祖墓。

钱镠祖墓位于临安市锦城街道功臣山南坡,为钱镠之祖父建初王钱宙之墓。坐北朝南,面积10000平方米。墓茔封土形似小丘,高6米,宽30米,长40米,背倚功臣山,左右青龙、白虎回抱,明堂开阔。前掘有长方形水塘。墓前原有石碑坊、石翁仲、石马等,现墓前神道地表尚遗留少量石质残件。钱镠祖墓未经发掘,墓葬和周边环境保存尚好。2003年被临安市人民政府公布为第五批市文物保护单位。

14. 千顷寺和千顷关遗址。

千顷寺与千顷关相距不到1华里,位于临安市龙岗镇千顷山北侧,都因千顷山而得名。

公元887年,钱镠特别关心千顷山慈云禅寺的楚南和文喜两位高僧,请楚南下千顷山由政府供施,请文喜回杭州龙泉慈兴院。890年,钱镠同董昌同时上奏朝廷,表彰楚南、文喜的贡献。唐僖宗特赐楚南鹿胎衣、紫衣,文喜受皇上"两赐紫衣",号"无著"。907年,钱镠建千顷院,即慈云禅院。

907年,钱镠派人筑千顷关,用石垒城墙,高、宽各3米,石垒城墙6华里。石垒城墙正中有两块巨石如峙立门户,人称"千顷关",为吴越通宣州的门户。

（二）临安钱王传说的传说群和传承基地

钱王传说，是后人对钱武肃王的缅怀和纪念，是对钱王时留存的历史景观、文物遗存的怀旧，是对钱镠治国有方、审时度势、招揽人才、采纳谏言、不忘乡谊的评述，真切地表达了民众的意志、愿望和爱憎。临安是钱镠的故里，临安百姓对钱王怀有特殊的情感，对钱王传说更是津津乐道，因而在临安一直拥有一个钱王传说的传说群，自古至今，口耳相传，面面相授，代代相继，传承着钱王传说，继承和发扬着钱王文化。如今已成立了一个研究中心、两个传承基地、一个故事会。

钱王传说省级代表性传承人张涛（已故）深入群众搜集资料

1. 临安钱王传说的传说群。

　　钱王传说的传承方式，与其他民间文学一样，大多为群体间口耳相传，面面相授，代代相继，没有明确的传承谱系。临安现在拥有一个钱王传说的传说群，其主要传承人列表如下：

姓名	性别	出生时间	文化程度	居住地
郑南根	男	1929年	初小	锦城街道锦桥社区
张柏根	男	1929年	初小	玲珑街道徐坞村
张　涛	男	1930年	初级师范毕业	玲珑街道夏禹桥村
朱臣煜	男	1933年	初中	湍口镇迎丰村
朱德明	男	1935年	小学	玲珑街道合庆村
黄学清	男	1937年	初小	锦北街道西墅村
陆宣德	男	1942年	大学	锦城街道
盛金声	男	1945年	初小	锦北街道集贤村
鲍士铨	男	1946年	初小	锦城街道
胡月耕	男	1947年	高中	锦城街道
曹林林	男	1948年	中学	潜川镇乐平村
黄金森	男	1948年	中学	锦城街道横街村
曾幼林	男	1948年	中学	於潜镇
华惠清	男	1948年	大专	锦城街道
姚富泉	男	1951年	高中	板桥镇
钱福根	男	1952年	小学	板桥镇
陈启明	男	1955年	高中	锦城街道
许东炎	男	1955年	高中	太湖源镇
李茂根	男	1961年	大专	锦城街道

姓名	性别	出生时间	文化程度	居住地
陈伟民	男	1963年	大学	锦城街道
杨淑平	女	1965年	大专	太湖源镇
毛士火	男	1966年	大专	青山湖街道
张晓华	男	1975年	大专	锦城街道
程继荣	男	1947年	高中	太湖源镇
倪瑞龙	男	1948年	大专	锦城街道
印振武	男	1948年	大专	锦城街道
潘庆平	男	1953年	大学	锦城街道
帅奇芳	女	1973年	大学	锦城街道
陶福贤	男	1946年	初中	锦城街道
吴晓云	女	1974年	大专	锦城街道
王建华	男	1953年	大学	锦城街道

张涛是浙江省级非物质文化遗产项目钱王传说代表性传承人，他能编能讲，讲故事生动形象，有声有色，主要有《钱王力斩黄鳝精》、《石镜山》、《钱王背娘》等。2013年病故。

倪瑞龙是杭州市级非物质文化遗产项目钱王传说代表性传承人，他讲故事生动有趣，活灵活现。他搜集整理并传讲的传说主要有《不打不相识》、《钱王梦中吓退强盗王》、《钱王买酒》、《马带桥婚缘》、《神仙托梦造太庙》、《横畈豆腐干》、《柯相公》、《钱童村》、《黄龙的故事》、《篮菱溪》、《保锦山》、《担盐山和挂杖泉》、《钱王与钱家头葡萄》、《戴娘娘种梨》等。

曹林林、潘文伟两位老师于2015年6月被评为国家级非物质文化遗产项目钱王传说临安市级代表性传承人。钱富赢、钱万华为杭州市级非物质文化遗产项目清明祭钱王临安市级代表性传承人（目前正在申报杭州市级代表性传承人）。

浙江省级代表性传承人张涛在讲钱王故事

以上民间故事讲述人中，有参加过1987年民间艺术普查和民间文学"三集成"工作的民间老艺人。在那次规模空前的民间文学普查中，有十四篇钱王传说被收进《中国民间文学集成·临安市故事歌谣谚语卷》；四篇被收进《浙江省民间文学集成·杭州市故事卷》，即《钱王出世》、《钱王背娘》、《钱王妙计治钱塘》、《钱王射潮》。

浙江省级代表性传承人朱臣煜在讲钱王故事

1994年，临安市文联与杭州大学民俗文化研究中心联合在临安进行大规模的钱王传说采风活动，采编钱王传说资料。经过近一年的努力，1995年由吕洪年任主编，胡月耕、王成飞、杨丹云任副主编，

《钱王传说》由成都科技大学出版社出版。该书共收录钱王传说八十五篇。记录稿主要采集自临安民间，也有部分作品采自上虞、萧山、海盐、德

杭州市级代表性传承人倪瑞龙在讲钱王故事

清等地，采风的范围更宽，获得的成果令人瞩目。此项活动有不少中青年传承艺人参与其中。

2010年前后，在保护非物质文化遗产的热潮中，为配合钱王传说申报国家级非物质文化遗产项目，组织文化部门、非物质文化遗产保护中心及基层文化工作者，就钱王传说当下的生存状况作了大规模调查，并进行了征集活动，又有一批年轻的民间文学爱好者、钱王传说传讲人显露出来。2012年6月，《钱王传说集成》由中国文联出版社出版。

2011年，钱王传说被列入第三批国家级非物质文化遗产名录，临安市文化部门正在有计划、按步骤地从学生抓起，培养青少年传承苗子，进一步推动钱王传说的活态传承。

"钱王射潮"雕塑

2. 临安钱王传说的传承基地。

在推动钱王传说传承和弘扬的过程中，钱王传说成功列入国家级"非遗"项目无疑是一个里程碑，现已形成一个传说研究中心、两个传承基地、一个故事会的格局。

中国钱王传说研究中心。2011年12月，中国民俗学会中国钱王传说研究中心在临安成立，由中国民俗学会秘书长叶涛宣读中国民俗学会关于建立中国民俗学会中国钱王传说研究中心的决定，并由中国民俗学会副会长陈勤建为中国钱王传说研究中心授牌，这是浙江省第一个"国字号"民间文学类研究中心和研究基地。

2012年4月，"弘扬钱王文化，打造活力临安"座谈会在临安召

开。2012年6月，由中国钱王传说研究中心主任许林田、中国民俗学
会副秘书长施爱东主编的《钱王传说集成》正式出版发行。

两个钱王传说的传承基地。2011年下半年，临安市衣锦小学申
报建立钱王传说传承教育基地，"学钱王，知钱王，讲钱王"。首先是
开设钱王传说的师资培训班，进行"走近钱王"的钱王传说"非遗"
知识基础培训。专门开设钱王传说故事员培训班，开展"我是故事大
王——钱王传说"故事大赛。学校为搞好钱王传说传承教育基地，
特意开辟钱王文化公园，展示钱王生平事迹，让学生们熟知钱王的
事迹。另还编写《钱王传说》校本教材，共收录十篇钱王传说，主要
是钱王青少年时期和家庭生活的故事。临安市第七届中小学艺术节

浙江省"非遗"传承教育基地——临安市衣锦小学

衣锦小学学生表演鼓书《钱王出世》

衣锦小学学生齐诵《钱氏家训》

上，衣锦小学创作表演的鼓书《钱王出世》获曲艺类第一名。临安市首届"钱王传说"故事大赛上，衣锦小学获得三个一等奖，三个二等奖，两个三等奖。彭亦冰、周裕恒分别获杭州市少儿民间故事大赛的一、二等奖，彭亦冰还获得浙江省首届少儿地域民间故事大赛"银雀奖"。全校能讲故事的有八十人，骨干二十人。组织朗诵《钱王家训》，创作歌曲《还乡歌》等。钱王传说故事专题在临安广播、电视等媒体播出。钱王传说传承教育活动正蓬勃开展。

玲珑街道锦绣村，是一个以钱姓家族为主要传承人的基地，村民对钱王感情深厚，族中流传至今的钱王传说较多。

一个钱王故事会。钱王故事会2009年成立，隶属于临安市民间文艺家协会，有会员五十五人，主要有印振武、胡月耕、曹林林、倪瑞龙、程继荣等，开展钱王传说挖掘整理、创作研究及故事演讲培训等活动。举办过钱王传说少儿故事培训班和钱王少儿故事大赛。主办浙江省钱王故事大赛两届、杭州市少儿钱王故事大赛一届。近年来，以衣锦小学和玲珑街道锦绣村两个传承基地为载

"吴越王宝"印

体，组织钱王传说故事进文化礼堂传讲活动。

（三）钱王传说的价值与影响

1. 钱王传说的价值。

钱王传说历史悠久，经久不衰，越传规模越大。同一个故事在不同地方出现诸多异文，内容涵盖政治、经济、文化、宗教、教育等方面。临安保留着许多与钱王有关的文物古迹，其来历和缘由，因历史记载语焉不详，使钱王的历史过于单一、狭窄，钱王传说正好成为解说词。二者一经结合，相得益彰，光彩照人。

钱王传说的社会价值。钱王传说对研究五代十国时期吴越国政治、经济、文化及社会发展具有重要的社会价值。钱王传说可映

钱王文化长廊

照钱镠的政治理念、人文伦理，是研究钱镠言行的通俗版的"专著"。钱王传说涉及的人和事、言和行，以及五代十国时期人物、地名，风土人情、风俗习惯，涵盖了民间文学所涉及的各个领域。首先是钱镠保境安民、以人为本的治国理念和基本国策。其次，钱镠作为中国封建社会草根帝王的代表人物，其亲民、为民、爱民的形象是很突出的。再次，正因为钱镠是草根帝王，表现出许多个性化的品质。

钱王传说的文化价值。钱王传说除了历史价值、社会价值外，同样具有较高的文化价值。钱王传说有浓郁的吴越文化的特征、鲜明的地

2010年8月，亚细亚民间叙事文学学会第十一届国际学术研讨会在临安召开

2011年12月，临安举行钱王传说学术研讨会

2012年4月，临安市人民政府市长张振丰（左一）、临安市政协主席张金良（中）、临安市常务副市长李文钢（右一）在弘扬钱王文化座谈会上

出土的石马

域文化印记，其情节、语言都与当地的民俗风情密切联系在一起。以钱王传说为题材，创作成小说、戏曲、曲艺、电影、电视剧、雕塑、广场舞、武术等艺术形式，可以说门类齐全，流传甚广。

钱王传说的现实价值。钱镠以"保境安民"、"善事中国"为国策，顾全大局，维护大一统，至钱弘俶纳土归宋，使北宋统一，结束五代十国时期。此类传说突出表现了他顾全大局，避害趋利，克制自己的私欲和野心，以国家社稷为重，使个人利益服从国家和民众利益，一心一意营造和平环境，这样的思想品德和行为，具有重要的现实意义。

2012年4月3日，临安召开"弘扬钱王文化，打造活力临安"座谈会

2. 钱王传说的影响。

钱王传说对社会的影响之大往往是伴随着钱王传说传播面的扩大，传播渠道的拓宽，传播形式的增多而显现出来的。

从20世纪80年代末开始，钱王传说真正作为民间文学的重要内容及临安的特色项目受到重视，并有计划、有步骤地加以搜集整理和研究。《浙江省民间文学集成·杭州故事卷》收录钱王传说四篇。《中国民间文学集成·临安故事歌谣谚语卷》收录钱王传说十四篇。1995年由临安市文联与杭州大学民俗文化研究中心合作，吕洪年主编，胡月耕、王成飞、杨丹云任副主编的《钱王传说》收录钱王传说八十五篇。《钱王传说》中的记录稿主要采自临安民间，也有一部分作品采自上虞、萧山、海盐、德清、富阳、桐庐等地，采风范围宽，所获成果也令人瞩目，奠定了十多年后钱王传说申报国家级非物质文化遗产项目的基础，功不可没。

1992年，临安县成立钱镠研究会，举办一系列在国内外有影响力的钱镠学术研讨会。同时与国内外各地钱镠研究机构和学术研讨机构建立广泛联系，增进研究者之间的联系与学术交流，加强和扩大钱镠研究队伍，鼓励钱镠研究者多出成果。主办《钱镠研究》会刊，共计二十二期，编撰出版钱镠研究系列丛书、《钱镠研究精选集》、《钱武肃王生平故事》、《吴越钱王》、《吴越首府杭州》、《钱镠与西湖》、《千古一族》、《吴越钱氏——两浙第一世家》、《枝繁叶茂》、《钱镠传》等学术专著，把钱镠研究活动搞得有声有色。同时，钱王传

中国民俗学会副会长陈勤建（右一）、中国民俗学会秘书长叶涛（中）、中国民俗学会副秘书长施爱东在钱王传说研讨会上

中国民俗学会理事长刘魁立在第十一届国际学术研讨会上作专题报告

跳祭舞

石像生

说作为临安得天独厚的非物质文化遗产,开始逐级申报非物质文化遗产保护项目。2007年,钱王传说成功申报浙江省级非物质文化遗产项目。2011年钱王传说成功申报第三批国家级非物质文化遗产项目。全国现有钱镠研究会、钱氏文化研究会、联谊会等四十多家。

为弘扬钱王文化,推进钱王传说的社会作用和影响,文艺工作者积极开展以钱王传说为素材的文艺创作。

2009年,临安举办钱王文化艺术节,开展钱王文化系列文化活动。开辟吴越风元宵灯会、吴越风情广场文化艺术节,挖掘了一批以钱王传说为素材的民间艺术节目,有"临安水龙"、"十八般武艺"、"龙腾狮跃","吴越双狮"、"横街草龙"等。举办"清明公祭钱王"和钱王故事大赛。推进钱王文化旅游,开辟钱王文化旅游精品线,推出以钱王宴为代表的钱王饮食文化,挖掘和提炼以钱王文化精髓为核心的新时期临安精神——崇文、尚德、励新、厚生。这样，钱王文化的弘扬和发展又形成回流，推动和促进钱王传说的传承和发展，让钱王传说真正成为家喻户晓的口头文学。

（四）钱王传说有形载体的保护和修缮

1. 修缮钱王陵园。

钱王陵园是钱王归息地，主要由钱镠墓、钱王祠、钱王宗庙（太庙）三大块组成，是追溯钱镠丰功伟绩，缅怀钱王谆谆教诲，祭祀三世五王的场所，是钱王传说有形载体文物遗存较集中的区块之一，因而临安市政府部门一直十分重视钱王陵园的保护和修缮工作。

钱镠墓是江南唯一保存完好的帝王陵墓。"文化大革命"期间墓道遗物毁损殆尽，墓碑上"肃钱"两字被凿去，碑石断裂，碑文楹联无踪，许多文物真迹被埋地下。1981年4月，浙江省人民政府重新公布钱镠墓为浙江省重点文物保护单位。2001年6月，国务院公布钱镠墓为全国重点文物保护单位。

神道石碑坊位于钱王陵园入口处，为四柱冲天石坊，坊高10.5米，青田石质。1997年10月落成，牌坊上"钱武肃王陵"五字为钱镠第三十三世孙、国务院原副总理钱其琛所书。

墓阙位于神道石碑坊后，按五代墓阙式样建造，高8.3米，宽15米，造型古朴庄重。1997年10月建成。

钱王祠民国二年（1913年）由钱氏后裔重建。1994年，临安县政府投资400万元在原址拆旧新建，新钱王祠建筑面积520平方米，祠内塑钱镠像，祠外匾额"钱王祠"为钱镠第三十四世孙、全国政协原副主席钱伟长所题。内匾"祖武是绳"为钱君匋所题。正门柱楹联"一代枭雄铸吴越；千秋鼎铭事中国"为时任临安县委书记管竹苗题撰，方志恩所书。2002年，新铸钱镠座像放在祠堂正中，铜质，高2.9米，宽1.8米，重2.5吨，由杭州城市雕塑设计院设计、杭州制氧机厂铸造。东、西配殿殿墙专门介绍钱镠主要事迹、吴越国三世五王简要生平，以及历代著名钱氏后裔，并陈列各地送来的钱氏家谱、史料和文物书籍，让游人更好地了解吴越国历史和钱王文化内涵。

钱王宗庙位于钱王陵东侧，当地人称之为"太庙"。它最早是钱氏族人祭祀用的享殿，屡建屡毁，只有第三进基本完好。现临安市政府总共投资1500万元在原址重建了占地面积650平方米、建筑面积570平方米的钱王宗庙。

钱王宗庙兼具祠堂和纪

钱王陵园全景

越窑青瓷褐彩云纹熏炉（唐代）

越窑青瓷褐彩云纹罂（唐代）

白瓷海棠杯（唐代）

念馆的功能，纪念吴越国钱氏三世五王，成为各地钱氏后裔瞻仰家族历史，开展祭祀、供奉、联谊活动的中心。

钱王宗庙由杭州古建筑设计院和东南大学古建筑设计院共同设计，目前宗庙主体建设已完成，内部陈列设计方案已定。本着尊重历史，依据规划的原则，钱王宗庙主要由门厅、前殿、中殿、后殿和东西配殿组成。

门厅有牌匾"钱王宗庙"、《重修碑记》和《钱王宗庙导游图》。

楹联"勋勒金书纳土当年资保世；业基石镜筑塘奕禩庆安澜"。

门厅内侧展示吴越国简史、吴越国版图。内厅楹联："力能分土提乡兵平宏定昌，一十四州鸡犬桑麻撑住东南半壁；志在顺天求真主迎周归宋，九十八年象犀筐篚混同吴越一家。"

根据前朝后寝的规制，前殿设朝祭殿，陈列祭祀用品，按诸侯的规格设七鼎六簋。前殿正中大门横匾"惟诚惟贞"。置铜制香炉，殿廊放置钟鼓。前殿外楹联"崇德报功，源溯九州庙；安民裕国，道存五主祠"，"贤英踵武勋功赫赫；华胄嗣辉懋德昭昭"。殿内楹联"俎豆于庙龙飞辅宋图形麟阁；剑佩于唐豹变兴唐虎步龙骧"。殿内两边有编钟、磬排列。

中殿为传统享殿，内塑三世五王像。中殿外额横匾"功揭天地"。中殿内设樟木须弥座台基，上设神龛，内塑钱镠座像，神龛额匾"威震华夷"。楹联"满堂花醉三千客；一剑霜寒十四州"，"启匣尚存归国诏；解弢时拂射潮弓"。前放供桌一张，拜垫一个，摆放烛台、花瓶、香炉等。殿两侧按左昭右穆的格局，分别设置文穆王钱元瓘、忠献王钱弘佐、忠逊王钱弘倧、忠懿王钱弘俶的龛位。龛位、塑像、须弥座、供桌均参照钱镠的式样，体量略小。钱王像的背面是钱氏家族世袭表。《钱氏家训》的"国家"、"社会"、"家庭"、"个人"篇放中殿的后半间，用红木雕刻。

后殿为多媒体展厅，采用三维动画技术展示吴越国历史。后殿牌匾"率德仁恕"。楹联"携彤弓射天狼瓯闽吴越；仗黄钺诛反仄奠安康庶"。多媒体展播一部反映吴越国历史的场景短剧：婆留钱镠，临安起兵，杀宏诛昌，筑塘射潮，衣锦还乡，疏浚西湖，保境安民，纳土归宋。再放一部纪录片，介绍吴越国留存的各种可移动和不可移动文物，如瓷器、玉器、印刷品、佛像及经幢、塔、祠、桥等。还播放

《表忠观》碑文，可虚拟翻书、临摹书法。或用"衣锦还乡"长轴连环画将钱镠功绩滚轴式展开。

东配殿额匾"千古攸钟"，楹联"彭公世泽添花聚宦；吴越家声衣锦还乡"。东配殿还供奉古代钱氏名人，以青石板线刻像配神主牌位，展墙上陈列古代钱氏分布图。

西配殿匾额"忠孝仁爱"，楹联"保境安民，宗功昭奕代；传薪缵绪，祖训益众生"；"遵先公祖训，克勤克俭；守二字真言，唯耕唯读"。西配殿以展示近现代钱氏名人为主，遵循"生不入祠"之规，以去世为准。人物展示以照片为依据，不放神主牌位，附个人生平简介。展墙上陈列现代钱氏分布图、钱氏历史迁徙图。

钱王宗庙布置装帧投入531万元，将成为钱王陵园的新亮点。

2. 建设吴越文化公园。

吴越文化公园由石镜山、功臣塔、功臣寺遗址（婆留井）、钱王祖墓等文物遗存组成，坐落在临安市功臣山区域。其中功臣塔、功臣寺遗址（婆留井）是全国重点文物保护单位。石镜山、钱王祖墓是极具历史价值的吴越国遗存。

吴越文化公园项目总用地974亩、总投资1.1亿元。主要分四个功能区：石镜山主入园口区、功臣塔登临区、功臣寺千年寻根区、钱王祖墓溯源区。

3. 吴越国文化博物馆。

临安市是文物大市，收藏了从旧石器时代至明清时期珍贵文物三千余件，其中多数文物是吴越国时期的，包括水丘氏墓出土的极为珍贵的三件国宝级文物——青瓷褐彩云纹熏炉、青瓷褐彩云纹盖罂和青瓷褐彩油灯。

吴越国文化博物馆建在吴越文化公园入口处，与吴越文化公园露天博物馆融为一体，面积8500平方米，总投资2.8亿元。全馆分为四大展厅：历史文化展示厅、钱氏三世五王主要事迹展厅、钱王文化精品展示厅、活动展示厅。

钱王陵园、吴越文化公园、吴越国文化博物馆是临安钱王文化

《钱王传说》编纂会

建设的三大重点工程，是钱王传说重要的物质载体，是钱王传说有形的辅助物。

[贰]钱王传说的传承

（一）多渠道、多形式传扬钱王传说

钱王传说是临安的骄傲和自豪，是临安宝贵的精神财富。但在时代大趋势下，传扬钱王传说，应当调整思路，拓宽领域，全方位、多渠道、多种形式宣传钱王传说。

首先，充分利用文化节庆活动展示展览，举办赛事演绎钱王传说，塑造钱王形象，增加钱王传说的普及率和认知度。临安在20世纪80年代就开始逐渐拓宽钱王传说传承渠道。每年一度的吴越风元宵灯会，民间艺人总是能根据钱王传说千方百计挖掘、编排新的民间艺术节目，如"临安水龙"、"十八般武艺"、"龙腾狮跃"、"横街草龙"、"吴越双狮"、"七坑蚕龙"、"昌化民歌"等。

"临安水龙"取材于钱王传说，可以说是多个钱王传说的组合和升

钱镠木刻像拓片

华。钱镠射潮建塘，封龙王投龙简，筑东钱拦五泄，修江河疏湖泊，兴农桑拓海运，使吴越富甲东南，被百姓誉为"海龙王"。"临安水龙"用水龙这一特殊民间表演艺术来歌颂钱王丰功伟绩。水龙长50米，共十七节，龙首威武，眼、鼻、嘴、腹、脊、尾皆配可控发光装置，龙鼻吐烟，龙嘴喷水。阵式分为"金龙出世"、"金龙变水龙"、"水龙变龙舟"；舞式有"金龙游世"、"戏水搏浪"、"吸水聚雾"、"普降甘霖"、"风调雨顺"、"五谷丰登"等，集中国龙之精、气、神于一体，2001年获杭州市金奖和中国国际民间艺术"金杯奖"。2003年赴法国尼斯参加尼斯狂欢节。2004年获第

临安市非物质文化遗产保护中心主任骆金伟和市文化广电新闻出版局社文科卞初阳在研究钱王传说

2012年浙江非物质文化遗产传承教育基地验收

2011年9月，临安市衣锦小学开展钱王传说的校本兴趣课

十三届全国"群星奖"。

"十八般武艺"演绎钱镠"躬临矢石，手运戈矛，一呼而振长平"，"仗顺讨逆，奋一当十"。钱镠平凶定乱，武功卓著。史书只载钱镠善使戟和槊，那么钱镠功夫如何了得呢？在临安上田村，钱镠后裔传承的兵器有关刀、金枪、钺斧、狼牙棒、林公耙、对刀、阴镗、阳镗、六谷耙、尖刀枪、棍、双刀、铜、方天画戟、剑、板凳、锁等。同时，还表演舞狮、人龙等集竞技性、表演性和艺术性于一体的民间武术。

钱镠的原配夫人戴芙蓉当年回乡省亲，把编织草龙的技艺教给乡亲们。如今的"横街草龙"，一条巨龙、八条小龙全用稻草编成，表演气势恢宏，光艳夺目，获杭州市"风雅颂"金奖。

2012年6月，在衣锦小学举办杭州市民间传说少儿故事大赛

2009年，临安举办钱王文化艺术节，除传统的吴越风元宵灯会和

衣锦小学学生诵读《钱氏家训》

文艺汇演外，还特设"清明公
祭钱王"活动，参加公祭的有
临安市领导及钱氏后裔联谊
会、钱镠研究会人员，全国各
地钱氏后裔。首先表演"临安
水龙"、"钱王点将"、"十八
般武艺"及唱《还乡歌》（钱
镠词，何占豪曲）。接着，祭
祀仪式开始，撞钟击鼓，敬奉
供品，净手上香，行施拜礼，
恭读祭文，颂歌钱王，乐舞敬
拜，诵读"家训"，敬献花篮。

　　钱王文化艺术节中还有
钱王故事大赛。临安市与省曲
艺家协会共同举办三届钱王
故事大赛，分成人组、少儿组
专场，钱王传说的老故事和新
故事一起上，一争高低。

　　开设钱王旅游精品线，
导游解说钱王传说，有物有

2012年，美籍著名华裔科学家钱煦和"科技三钱"之子钱
永刚、钱思进、钱元凯参加清明祭钱王活动

临安市老年大学学员齐唱《还乡歌》

临安市板桥镇上田村钱氏后裔表演"十八般武艺"

临安市锦城街道"横街草龙"获"风雅颂"金奖

临安举办钱王少儿故事大赛

景，引人入胜。

其次，是利用电视、电影等现代媒体来传播钱王故事，说唱钱王传说。让民众，特别是年青一代看到、听到钱王传说。临安电视台有一个"吴越风雅"栏目，经常说钱王那些事，还开辟"钱王说书专场"。另外，中央电视台摄制的《吴越春秋》、《吴越钱王》等专题片也常常播放。

由张波编剧、胡明凯（香港）导演的二十八集电视剧《吴越钱王》是第一部以吴越国为背景的历史剧，塑造了一个"以人为本，保境安民"的绝世枭雄形象。

（二）钱王传说保护传承规划

1. 钱王传说保护工程。

首先，加强钱王传说的研究工作。研究钱王传说，是为了更好地保护钱王传说；保护钱王传说的目的，是使其得到传承和弘扬，摒弃世俗偏见（认为传说是"无本之学，不足征信"，或者认为现代社会"口述史"已失去市场等）。加强钱王传说研究，一是要充分利用钱镠研究会、钱氏后裔联谊会等，促进钱王传说研究。钱镠研究会成立于1992年，至今已有二十三年，出版会刊二十一期，共计一百多万字。

其次，用好中国民俗学会中国钱王传说研究中心这一金字招牌，把国家级"非遗"项目钱王传说放入全国乃至世界民俗学的

小选手讲《钱王背娘》

视野中来研究，拓展眼界，放开手脚，邀请更多的专家学者加入钱王传说研究队伍，争取在"十三五"期间举办全国性钱王传说研讨会。

第三，加强钱王传说的挖掘和整理工作，继续组织开展钱王传说抢救性普查。钱王传说在1989年、1991年、1995年和2009年都开展过普查，然而普查任务远远没有完结。一是部分老艺人谢世，再不抢救，恐怕为时已晚。二是普查需要查漏补缺。钱王传说内容丰富，范围宽泛，但仍有缺陷和遗漏。三是异文体传说数量很多。虽说异文体传说大多是重复的、被异化的故事，然而异文体传说更有具有传奇色彩，以前收录很少，弃之可惜。四是其他地区的钱王传说也要抓紧挖掘和采录。

做好钱王传说数据库和资料库建设。要将普查和采风收集的钱王传说资料分门别类,建档造册,建立完整、系统的钱王传说资料库和数据库,为出版《钱王传说大全》做好基础性工作。

在挖掘和传承钱王传说过程中,使钱王传说内容得以拓展。像临安清明公祭钱王、"十八般武艺"、"临安水龙",使钱王传说由民间文学范围拓展到广场民间舞蹈和传统民间武术。能否把它们纳入钱王传说,作为钱王传说项目拓展部分申报,是一个新课题,需要研究探讨。春秋两祭钱王,成为钱氏后裔的千年惯例。自1997年开始,临安市政府组织公祭钱武肃王仪式,形成传统,每年举办,作为钱王文化艺术节的重要内容。祭祀仪式和活动隆重而庄严。"十八般武艺"和"临安水龙"也是钱王文化的亮点,传承久远,内涵丰富。

进一步研究和弘扬钱王传说的重要内容《钱氏家训》。中华民族自古以来就重视家庭。"国"和"家"紧密相连,治国从治家开始。钱氏家族自唐末以来开枝散叶,人才辈出,载入史册的名家逾千人。近代以来,如钱学森、钱伟长、钱三强、钱穆、钱钟书等众多文坛硕儒、科技巨擘、国学大师,都出自这个"千年名门望族、两浙第一世家"。无可否认,这跟钱王的家国文化暨《钱氏家训》分不开。

附：

钱氏家训

个人篇

　　心术不可得罪于天地，言行皆当无愧于圣贤。曾子之三省勿忘，程子之四箴宜佩。持躬不可不谨严，临财不可不廉介。处事不可不决断，存心不可不宽厚。尽前行者地步窄，向后看者眼界宽。花繁柳密处拨得开，方见手段；风狂雨骤时立得定，才是脚跟。能改过则天地不怒，能安分则鬼神无权。读经传则根柢深，看史鉴则议论伟。能文

能改过则天地不怒，能安分则鬼神无权

章则称述多，蓄道德则福报厚。

家庭篇

欲造优美之家庭，须立良好之规则。内外六间整洁，尊卑次序谨严。父母伯叔孝敬欢愉，妯娌弟兄和睦友爱。祖宗虽远，祭祀宜诚；子孙虽愚，诗书须读。娶媳求淑女，勿计妆奁；嫁女择佳婿，勿慕富贵。家富提携宗族，置义塾与公田；岁饥赈济亲朋，筹仁浆与义粟。勤俭为本，自必丰亨；忠厚传家，乃能长久。

忠厚传家，乃能长久

私见尽要铲除，公益概行提倡

社会篇

信交朋友，惠普乡邻。恤寡矜孤，敬老怀幼。救灾周急，排难解纷。修桥路以利人行，造河船以济众渡。兴启蒙之义塾，设积谷之社仓。私见尽要铲除，公益概行提倡。不见利而起谋，不见才而生嫉。小人固当远，断不可显为仇敌；君子固当亲，亦不可曲为附和。

国家篇

执法如山，守身如玉。爱民如子，去蠹如仇。严以驭役，宽以恤民。官肯着意一分，民受十分之惠；上能吃苦一点，民沾万点之恩。利

严以驭役，宽以恤民

在一身勿谋也，利在天下者必谋之；利在一时固谋也，利在万世者更谋之。大智兴邦，不过集众思；大愚误国，只为好自用。聪明睿智，守之以愚；功被天下，守之以让；勇力振世，守之以怯；富有四海，守之以谦。庙堂之上，以养正气为先；海宇之内，以养元气为本。务本节用则国富，进贤使能则国强；兴学育才则国盛，交邻有道则国安。

2. "十三五"期间钱王传说保护规划。

"十三五"期间建成全国最大、最完整的钱王传说资料库和数据库，为钱王传说研究、传承提供第一手素材，并对钱王传说传承人进行录音和录像，以保存珍贵的资料。

巩固钱王传说的两个传承基地——衣锦小学和玲珑街道锦绣村。从传承机构、传承机制、传承队伍、传承教材、传承经费上加强建设，落实措施。同时，加强钱王传说传承人队伍建设，扩大骨干传说群人数，加快申报和命名钱王传说的临安级、杭州市级、浙江省级、国家级四级代表性传承人。积极开展形式多样的钱王传说传讲，培养年轻人，训练成年人，保护老艺人，使钱王传说传承活动在临安大地上常态化。

完成钱王陵园，特别是钱王宗庙的修缮工程，加快建设吴越文化公园、吴越国文化博物馆，并且使其尽快投入运行，整体推进钱王传说有形景观载体的建设。

举办一次全国性的钱王传说学术研讨会。邀请国内外专家学者共同深入开展钱王传说研究，探讨钱王传说的社会价值、艺术特色，深入分析、研究钱镠的思想和观点，肯定克制私欲、避害趋利的人文思想，不墨守成规、军事上奇袭的战略战术等，而且在钱王传说研究中要独辟新径，别具风貌，用新的思维方法研究钱王传说，还可结合临安名胜古迹、绿色生态研究钱王传说，给临安增添诗情画意。

"十三五"期间，汇集普查和研究成果，计划编撰出版《钱王传说大全》，包括钱王传说青少年篇、钱王传说建国篇、钱王传说治国篇、钱镠文武专题篇、钱镠思想专题篇。另外，还专门编撰适合青少年演讲的钱王故事连环画册。

3. 钱王传说保护的保障机制。

建立和健全非物质文化遗产保护的领导机构——临安市非物质文化遗产保护领导小组和非物质文化遗产保护中心，充分发挥领导机构的作用，协调、统筹好非物质文化遗产保护的各项工作。

加强非物质文化遗产保护的各专业机构协会建设，努力发挥专业协会的作用，把非物质文化遗产保护工作提升到新的高度。

总之，钱王传说是临安的金字招牌，我们一定要保护好、打造好，使其更加璀璨夺目。

2009年，临安市非物质文化遗产保护中心召开钱王传说搜集整理工作会议

主要参考文献

1. 屠树勋:《钱镠传》,浙江工商大学出版社,2013年。

2. (宋)陶　岳:《五代史补》,上海古籍出版社,1987年。

3. (宋)释文莹:《湘山野录》。

4. (宋)潜说友:《咸淳临安志》。

5. (宋)袁　褧:《枫窗小牍》。

6. (元)刘一清:《钱塘遗事》。

7. (明)田汝成:《西湖游览志余》,浙江人民出版社,1980年。

8. (明)冯梦龙:《古今小说》。

9. (清)吴任臣:《十国春秋》。

10. 钟毓龙:《说杭州》,"杭州掌故丛书",1983年。

11. 吕洪年主编,胡月耕、王成飞、杨丹云副主编,《钱王传说》,成都科技大学出版社,1995年。

12. 许林田、施爱东主编,《钱王传说集成》,中国文联出版社,2012年。

13. 倪连德:《钱王春秋》,浙江古籍出版社,1988年。

14. 潘庆平、蒋为群:《临安钱王陵》,亚太国际出版社有限公司,1999年。

15. 黄贤权主编,《钱氏家训解读》,大众文艺出版社,2013年。

后记

　　钱王文化是临安的金名片，钱王传说是钱王文化的重要内容，临安市委、市政府一直以来高度重视对国家级非物质文化遗产项目钱王传说的保护和传承。

　　浙江省文化厅2014年初下发了关于做好"浙江省非物质文化遗产代表作丛书"第三批国家级非物质文化遗产名录项目编纂出版工作的通知，临安市文化广电新闻出版局、临安市非物质文化遗产保护中心接到任务后马上行动。非物质文化就像一条千年流淌的河流，传递着中华民族特有的价值观念、思维模式、伦理道德、行为规范和审美情趣，润物无声地滋养着我们民族世代相承的文化土壤。非物质文化遗产保护是一件薪火相传的工作，需要一代又一代人的不懈努力。我们站在历史的经纬点，编纂《钱王传说》，责无旁贷。

　　《钱王传说》由临安市非物质文化遗产保护中心搜集整理资料，负责编纂，历时两年，现在就要付梓出版了，令人百感交集。这种感觉就如怀胎十月的母亲，期待而激动。我们认为，这本注重知识性、通俗性、普及性、可读性的图文书的问世，是钱王故里为传承、弘扬国家级非物质文化遗产所做的一件积极而有意义的大事，毋庸置疑，也是"三美临安"（山川秀美、城靓村美、生活和美）建设征程中的一个美丽符号。

在本书的编纂过程中，得到了各级领导的关心，得到了钱王传说研究者、保护者的大力支持。临安市人民政府市长王敏作序，临安市委宣传部部长黄建正指导，临安市政协副主席、临安市钱镠研究会常务副会长张亚联指导并提出宝贵意见。感谢戚晓光、许林田、方红星、黄晓明、黄贤权、吴云川、赵文忠、肖碧莲、吴晓武、章亚强、曾南方、李盛、周斐、朱惠娟、王建华、潘庆平、杨菊三、陶福贤、胡月耕、陈利生、曹林林、倪瑞龙、董连元、张慧敏、陶初阳、洪建军、杜元龙、卞建兴、王勇为本书提供指导、资料、校对等帮助，感谢市非物质文化遗产保护中心陈美莲老师为本书出版付出的辛勤劳动。需要说明的是，除注明外，本书部分资料出自许林田主编的《钱王传说集成》，另有一些资料由于各种原因无法一一标注作者，敬请谅解。

由于时间仓促及编者水平有限，本书难免存在不足之处，敬请方家批评指正。

作　者

2015年11月

责任编辑：唐念慈

装帧设计：薛　蔚

责任校对：王　莉

责任印制：朱圣学

装帧顾问：张　望

本书图片由临安市非物质文化遗产保护中心提供

图书在版编目（ＣＩＰ）数据

钱王传说 / 张发平主编；骆金伟，卞初阳，张侠燕
编著. -- 杭州：浙江摄影出版社，2015.12（2023.1重印）
　（浙江省非物质文化遗产代表作丛书 / 金兴盛主编）
　ISBN 978-7-5514-1184-4

　Ⅰ.①钱… Ⅱ.①张… ②骆… ③卞… ④张… Ⅲ.①民
间故事—作品集—临安市 Ⅳ.①I277.3

　中国版本图书馆CIP数据核字（2015）第277755号

钱王传说

张发平　主编　骆金伟　卞初阳　张侠燕　编著

全国百佳图书出版单位
浙江摄影出版社出版发行
　　地址：杭州市体育场路347号
　　邮编：310006
　　网址：www.photo.zjcb.com
制版：浙江新华图文制作有限公司
印刷：廊坊市印艺阁数字科技有限公司
开本：960mm×1270mm　1/32
印张：6.5
2015年12月第1版　　2023年1月第2次印刷
ISBN 978-7-5514-1184-4
定价：52.00元